U0033396

他從世界的那頭來

2450天，
那些旅人寄放在我這的勇氣、信仰和冒險

賴小馬——著

自序

翅膀與故事也可以

窗外，田壠旁的水圳棲了一隻灰色的大鳥，單腳直立，另一腳彎曲，樣子像孤傲的野鶴。一看，就曉得牠不屬於這裡。不是常見的白鷺絲，成群在田邊找蟲子吃；也不是值晚班的夜鷺，駝著背對著水發愣。我喚不出那稀罕少見大灰鳥的名字，甚至不知牠來自西伯利亞還是濟州島，理所當然地，也無法想像接下來牠要南去菲律賓還是北返九州島。

我凝視了牠一會兒，不打擾牠在宜蘭田間短暫的停憩。

那形象孤單、獨立、格格不入、帶著遠方陌生的風情，誤入副熱帶水稻田旁的北方候鳥，像極了一個個來到我家沙發借宿的背包客，他們可能來自伊朗或立陶宛，短暫停留，又將前去越南或宿霧。

鴻飛泥爪，留下的，只剩一個個會發著光的故事。

接待背包客，要從二零一二年開始說起。或者更早，因為我對背包客一直有些浪漫的想像。那年，好友文馨問我：「有沒有興趣當沙發主，接待背包客？」

「接待誰？」

「一個美國來的背包客。因為是男生，所以我覺得不方便接待。」

「接待他我需要做什麼嗎？」我有點膽怯又擔憂，不知道當一個沙發主哪些事該做未做因而失禮，也不曉得哪些事不該做卻做因而冒犯。

「你可以什麼都不做，就給他一個地方睡覺，地板或沙發都行。你也可以和他聊天，甚至帶他出去玩。」

充滿彈性，聽得我躍躍欲試。

「你們是怎麼認識的？」知道細節，應該可以更確保安全，我想。

「Couchsurfing，一個網站，中文是沙發衝浪。你很適合，你可以也去辦一個帳號，然後……」

那次經驗是沙發主與背包客正式互動的起點。幾年下來，我接待了來自全球（獨缺非洲）近百個背包客，他們都是透過沙發衝浪這個國際網站向我發來訊息，我流覽他（或她）的個人資料，觀看他的旅行經歷，分析沙發主對他的評論，然後再以直覺做為判斷，要不要接待這個背包客。

接待過的背包客，多數來自日、韓、中、法、馬、德等國，西方來的普遍較為輕鬆自在、活潑健談；東方來的普遍較為客氣拘謹、保守慢熟。總得來說，接待不同人種、區域、國別、性別……產生的火光不盡相同，他們的好奇點及期待的異國感全然不同：接待中國的背包客，常談及兩岸漢語使用的差異、國家體制、社會信任度；接待日本的背包客，常聊到人的友善與熱情、食物美味、文化上的親切感；接待西班牙的背包客，常聊到台灣治安理想；接待法國的背包客，常談到台灣文化的多元性……每一個從不同國家、不同成長背景、不同家庭環境來的背包客，都是一面鏡子，反映著他所見到的台灣風景；他們也都像一雙眼睛，帶我領略習焉不察的日常生活中，還蘊藏著哪些外人一看就覺得驚喜的存在。

我是他們有意義的他者，他們也都是我有意義的他者，旅行與接待的過程，觀看與被觀看同時發生著。

「台灣好綠，一出機場上高速公路，兩旁都是綠色的……」（法國）、「台灣的治安很好，鞋子放門外都不會被偷……」（西班牙）、「台灣的食物很多都是Q的」（新加坡）、「台灣人很願意幫助人，可是開車的人卻不會禮讓斑馬線上的路人」（日本）、「台灣好自由，你們可以隨意批評政府」（中國）、「台灣沒有JEEPNEY（菲律賓特有交通工具，像吉普車，彩繪華麗繽紛，從後方上車），不方便」（菲律賓）、「台灣的廟好多，感覺台灣人離神很近」（捷克）、「台灣到處都有海，真幸福」（中國）、「世界上最美的山，都在台灣」（捷克）、「台灣有很多『真』的沙灘」（新加坡）……

背包客帶來他們自己的故事，也帶給我他們觀看台灣的眼睛，使我對台灣或宜蘭的理解，有了一個全新的視角。

我的媽媽最反對我接待「陌生人」，覺得把素昧平生的人帶回家裡，實在太危險。也許是幸運，也許是篩選得當，也許是背包客當中好人的比例很高，總之我沒接待過什麼真正的壞蛋。大多數的接待經驗都是正面的，除了有一回：一對情侶（女的是義大利人，男的我忘了），尋著地址抵達我家，已經晚上八點多，而我給的地址，錯把門牌11號寫成1號，導致他們敲錯門，最後，看到我的時候，二人把不悅的心情全寫在臉上，進了我家之後，他們既無寒暄之意願，因此我們沒聊什麼天，便各自就寢。雖然不愉快，但不至於危險。

當沙發主要考量自身安全而謹慎挑選背包客時，背包客其實也在考量自身的安全，因而仔細衡量沙發主。我曾在里斯本，經歷了一次極為慘烈的沙發衝浪。當時的沙發主熱情接待支身旅行的我，當時，他並未告知我，那個接待我的房間，他也同時接待了另外二組的背包客，窄窄的房間，擠了四個來自世界各地的陌生人，僅有一張單人床，連一條背子都沒有。而廁所磁磚汙黑，毛髮四落，沙發主和另外幾名朋友，喝酒、重金屬音樂通宵達旦……翌日一早，我落荒而逃。

也有一次沙發衝浪在福岡。年輕的沙發主於寒冬夜裡，走路十五分鐘到車站接我，並帶我去附近餐館吃便餐，二人相談甚歡。最理想的沙發衝浪經驗，在西班牙馬約卡島。沙發主住在一棟臨港公寓，他家位於十一樓，共有七、八個房間，他挑了一間單人房給我，並把鑰匙也丟給我，「就當自己家吧」，留下這句話，他轉身去上班，我望向窗外，港口泊滿帆船，每艘都陽光燦爛、自信風發。我一時還以為自己就是個富豪……正因自己的沙發衝浪經驗，對於西班牙來的背包客，我總特別留意，回饋心理，接待他們的意願也較高。

都是一張面孔，一段追尋，一個名字，一則故事，在宜蘭，一道短暫交會的火光。來自美國的南極洗碗工並不是我接待的第一個人，卻是我留下的第一段精簡的隨筆。又接待了一個個四面八方來的旅行者，我才心生一念：「何不把他們的故事寫下，為那被東南西北、男女老少、高矮胖瘦都躺過的沙發，與相談甚歡的一些夜半時光，留下點什麼呢？」於是大約三、四年的書寫、回憶、反思，把一部分前前後後來過宜蘭員山的背包客故事，匯集成一本書，他們既作客沙發，作沙發客，亦在沙發作客；偶爾也客座沙發，促膝相談，一期一會地坦然信任，口耳傳授人生長篇小說中的某一孤章。

還有些散落的孤章，想寫而未寫：

從屏東到花蓮工作，為了設計展而來到宜蘭，為了結交朋友而使用沙發衝浪網站，整晚和我一起看金馬獎頒獎典禮。他叫阿捷；

一個講著西班牙文的哥倫比亞人，十九歲移民到瑞士後，職業是搬家工人，來到宜蘭這年三十五歲了。他辭掉工作，已經旅行了十個月，從瑞士到希臘、伊斯坦堡、印度、尼泊爾（二零一五年大地震時人剛好在加德滿都）、中國、蒙古（他的帳篷在這裡被偷了）、西伯利亞、韓國、日本、台灣，還想一路去菲律賓……他叫艾伊美（Jaime）；

住特拉維夫，「以色列唯一一座『不政治狂熱』的城市」，他說。當了一年半的軍人，常半夜去查訪巴勒斯坦的民家，他很不喜歡以色列人對待巴勒斯坦人的方式，粗暴歧視。可他覺得現實無解，對以色列感到絕望，於是出來旅行。他是素食主義者，優布（Yovul）；

烏克蘭女孩，與她男友環遊世界，來到宜蘭時，已離家十八個月。邀請他們兩到課堂上與學生分享故事、介紹烏克蘭，一名活潑的學生尚恩竟主動舉手，唸了一串烏克蘭語歡迎二人，二人又驚又喜。晚餐，我請客，帶他們去市區一間蓋在三合院的烏克蘭餐廳吃飯，二人再度又驚又喜，直呼快兩年沒吃到家鄉菜了。離去時，我目送著他們背影，他們用烏克蘭國旗藍黃二色自製的褲子隨步履搖擺，那份愛國的堅定像宣示。她是納塔莉（Natali）……

原有遺憾，後來想想，未寫亦何妨，就讓它們成為還未完成的詩句，續續寫在地球不同的經緯度上，寫成自己的海拔，寫成無人能破的奇案，寫成自成一格的寒冰或孤燈，寫成一隻穿山越嶺、飛南渡北，無法被叫出名字的大鳥。

完成此序時，我已經無法登錄沙發衝浪這個網站。網站因疫情影響旅行而經營困難，已改成付費使用，我隱然覺得一個時代已經結束了，另一個時代正開始。時代與時代的交會之際，謝謝每一個曾經坐在我家沙發上的背包客，背包打開，散落地板的全是還未晾乾的傳奇。這一次，我會寫下你的故事。

後疫情時代來臨，那隻停在我家門外的大灰鳥，來去自由得令人生羨。也許除了飛機、遊輪或火車可以帶領人們遠走旅行，翅膀與故事，也可以。

牠從世界那頭來，短暫停留，又往從世界那頭去了。

賴小馬

序於宜蘭　二零二二・三・一

推薦序

每一個行囊裡都將裝載著不同故事

《旅繪是生活》作者／
Sammi 王嘉玲

利用沙發衝浪的方式行走世界，一直是非常棒的旅行方式。旅人可以藉由暫住在當地人家裡，認識當地朋友；藉由交流，認識更多「純旅行」不太可能知道的事。

我在旅行中，常常透過沙發衝浪，結交世界各地的朋友，很多日後都成為我一生的摯友。也因為住在當地人家裡，和當地人一起生活，很多國家對旅人來說，不再只是一個匆匆一遊的地點，和這座那座城市因為有了人的交流，更成為心裡忘不了的回憶。

如果你沒有機會去到別的國家被別人招待，那麼，自己當沙發主招待來自世界各國旅人，便是最棒的方式去了解你所不知道的世界。

因為和小馬一樣是宜蘭囝仔，收到禾禾文化的邀請時，很興奮的發現在宜蘭竟然有這麼棒的沙發主。小馬從二零一二年開始招待近四十國、上百位沙發旅人，讀著一篇篇旅人在他家沙發相遇的緣分故事，真的非常有趣。每個旅人出發的目的不同，每一個行囊裡也都裝著不同的故事：有些是為了尋找自己，有些是因為喜歡台灣，有些因為在世界流浪而經過，每一段故事交織著這些人的人生與旅行。藉由小馬的文字，讓我們在翻頁間一起經歷著這些人的人生酸甜與苦辣。

我自己是個藝術家，翻看第一篇〈南極洗碗工〉時，感觸特別深，那是一個因為對人生迷惘，想藉由旅行找回藝術意義的藝術家。旅行對他來說比較像是一趟尋找自我的旅程，沒有計畫，就由緣分帶著他去體驗；再由體驗慢慢找回自我。這故事和我非常相似，去年我也因為感到迷惘，選擇放掉一切，目前正在世界流浪中。

沙發衝浪的過程中，有時候因為和旅人或是當地人交流，那些對談可能會改變你一生的觀點。經由這些文化衝擊，再反觀自己內心，很多結在心裡就這樣慢慢被解開，所以我非常喜歡藉由沙發衝浪認識不同國家的朋友。

這一篇篇的真實旅人故事，有些人也許跟我們的人生有一些相似，有些人可能讓你在闔上書本後有一些觸發、感動與省思，你也可能藉由小馬的紀錄了解更多不同國家的思維與歷史。

「沙發衝浪不只是迎客，更是迎來一段段不一樣的人生。」

我想把這本書推薦給你們，讓這些旅人故事陪伴你，帶給你不一樣的時光。

邁開雙腳才能遇見的遠方，
一張沙發，卻將世界從遠方迎來——

目錄

Contents

01 · 南極洗碗工

傑斯（Jais），在路上，一個旅人。

週末來到宜蘭，待在我員山家，他不知道要去哪裡走走，而去哪裡走走好像也不是他在意的事。剛到我家時，碰巧爸媽也在，二人準備從員山回外澳，我隨口問傑斯有沒有興趣去外澳，他點點頭，獨自上了我那對不會講英文的爸媽的車子。

上車前，我媽問：「他為什麼來台灣？他又沒有要看什麼或做什麼！」「很有可能，他們旅行的目的就是不看什麼，也不做什麼吧！」講完，我的媽媽仍狐疑著臉。

晚上，傑斯從外澳回到員山，他表示，很享受下午的外澳時光。「我去衝浪了！很棒！」我看了一下自己的羽絨外套，問他：「你不覺得冷嗎？」他微笑地搖搖頭，一副我少見多怪的樣子。

傑斯的外形和個性都不像我印象中的美國人：他髮長及肩，有北歐人的淡褐髮色，鬍子爬滿了嘴邊和腮幫，像「最後的晚餐」畫作裡走出來的耶穌。他不胖，不多話，不急不徐，就是清清淡淡冷冷靜靜的，你問一句，他答一句。即使都沒有對話，場面也不會尷尬。或許，這和他出生於美國寒冷的北方有關；或許，這和他學畫的大學經驗有關；或許，這也和他在南極中心點生活過黑白分明冷天雪地的一年有關。

傑斯去年在南極大陸美國某研究中心當洗碗工，以一年的時光兌換二萬美金。他把錢省下來，當作下一趟旅行的盤纏。

他從大學休學，想去旅遊，藉由旅行來認識真實的自己。「我大學主修藝術，畫了很多年，決定停筆，因為找不到畫畫的意義。」他連表達自己感到迷惘的人生時，都在微笑，不慍不火，篤實而謙和。我感受不到一點憤世嫉俗，或自艾自怨。

對於許多人而言，旅行是一路向外觀看；對傑斯而言，旅行更像對內「觀照」，俾使自己清朗明確，試圖接近自知者明的智慧。找不到畫畫的意義，於是停筆，出門找尋。最好能遠到天荒地老的終極之處，於是他跑去南極，不洗調色盤而改洗餐盤，度過永夜永晝的無聊時光。而後，一路向遠東來，經日本、韓國，再來到台灣。

一本旅遊書都沒有，怎麼知道要去哪裡呢？「我和當地人講話。」他手中拿著一張巴掌大的白紙，紙上是前一個沙發主畫給他僅有潦潦幾筆的台灣地圖。他用這張只標注三、四個地名的小紙，「按圖索驥」，準備環島一圈。

生命永遠都不缺乏資訊或知識，只缺勇氣和膽識。

傑斯離開後，下午倒垃圾，某鄰居見了我：「小賴啊，話說你們的工作最好了，又沒有招生的壓力，薪水也沒有比在大學教書的我們少……」我聽著給愛麗絲的音樂，想像著傑斯那比空氣更自由的靈魂。

一個東方的中年人正在抱怨世界，另一個西方的年輕人正在環遊世界。

祝福在路上的旅人，一路平安，在這個善變的世界中，找到他清晰而欣賞的自己。那天起，相信傑斯將再度提起畫筆，那些線條與顏色，將有嶄新的生命意義。

02 • 他從北宜來

馬修（Mathieu）是我的第一位法國沙發客。出乎我意料之外的，除了名字之外，我一點也感受不出他是我想像中的法國人（浪漫？高傲？不喜交際？優越？英文差？……）我一見到馬修，他就喋喋不休，好像我們早已認識了八百年。

馬修二零一五年的一月來到台灣，來到宜蘭的這天剛好寒流來襲。馬修說他要騎車從台北到宜蘭。第一時間我以為他要騎濱海公路，但他來簡訊說四點就會從「新店」出發，顯然，他要挑戰的是北宜公路。

挑戰這個詞是我自己說的。不過，當他抵達礁溪時，風塵僕僕的臉應該也明白北宜公路不是一般旅行的摩托車路線了。我們約好七點在礁溪火車站會合，見到彼此，已經是晚上九點半了。

「真抱歉，我迷了路，從新店那裡，騎到一個泡溫泉的地方。」

「烏來？」

「對對對，我還以為今天我要睡在山上了，因為路愈來愈小條，而且沒有路燈。」

「後來呢？怎麼找到正確的路？」

「我問路人，才回到主幹道。」

一個遠從法國來的背包客夜騎北宜公路，實在不得不佩服他的勇氣和膽識了。無知也可是一種無畏。我們坐在路邊大啖烤肉，馬修的身體漸漸回暖，他用一種慶幸自己還活著的口氣講著自己的台灣印象和旅行經歷。

我帶他到露天的溫泉風呂，享受寒天中的熱湯。坐在石砌的湯池中，一個平凡冬夜，兩個平行世界的人意外產生了交集，同享一份溫暖，滿天星光。這關係，既不是友朋，也並非親情，他人眼中我們看似熟悉，然而我們的眼底也只是陌生。但，我們又彼此信任，並真心享受這生命中應該僅有一次的交會。

馬修總還是喋喋不休，不知是怕場面乾還是天性使然。倒是我在這個法國人面前，話不知怎麼地提不起勁說來。

他說了很多話，我卻都忘了。記憶最深刻的，還是馬修他從北宜來。

03 · 一頂帳篷一個夢

常常聽到有人說想去旅行，遲遲未能實現夢想，是因為「沒有錢」。但我接待過的南京大學生戴偉則用他的大背包告訴我，許多人沒有去實現旅行夢，是因為他出走的想望和獨自生活的勇氣都不夠巨大。

接到戴偉時已經是晚上十點了，他還沒吃飯，我領他去買個餛飩麵，一碗四十元，「貴不貴？」我問。他搖搖頭，「八元人民幣，和南京也差不多。」近幾年中國經濟瘋狂地成長，兩岸城市的物價基本上不存在太大的落差了。

戴偉是南京大學理工科的學生，學的是化學材料的相關科系，聽得我也不是很懂。他很喜歡旅遊，總是用一種壯遊式的方式獨自旅行。口味還習慣地一邊吃麵，一邊分享著他的台灣行。

「台灣人很好，對旅行的人很熱情。」他指了指背包，「我就住在沙發客的家，或者，找不到時，就在公園搭帳篷。」這麼說來，他的旅行預算裡，幾乎是沒有住宿這一項的。「昨晚，我就住在花蓮南濱公園附近的涼亭。」

交通呢？「搭便車，我環島一圈幾乎都是搭便車的。所以我來台灣十八天，花不到一萬塊台幣。」對於他的開銷我聽得很驚訝，更讓我驚訝的是，他談及自己的旅程時，那份直觀的率真自在，彷彿是喝水吃飯那樣稀鬆平常的事。

也許，這樣的旅行彈性，是他在中國旅行訓練出來的。

「我曾經搭火車去新疆，搭了四天三夜。」他的餛飩麵已經見底。

「坐鋪還是臥鋪？」

「窮學生當然買不起臥鋪！」

坐了七、八十個小時，只為了旅行，身體的折磨和心靈的等待對於旅行者而言，也真是一種修行了。

戴偉不同於一般的大學生，他對於旅行能吃的苦，有比一般人多一份認識的坦然，因為坦然地接受了，所以那些對於一般人是苦的存在，對他而言，又好像不是什麼苦了。他對生命和世界有深切的渴望。

他也有近於一般中國人的細微之處。例如，談話詞彙中，慣用寶島稱呼台灣，以祖國稱呼中國；對於兩岸政治關係，也有一定程度的好奇。我們談到一定的深度，當他無法理解為什麼台灣人認為自己就是一個國家而不願意和中國劃上等號時，他只能概括性地認為那就是「台獨人士」在煽動百姓，對於一個社會中思想的歧異性、矛盾性和多元性，及政治、政府和政權等概念的豐富，他的見解仍較封閉與單一。

夜深了，我無意辯論，只能期待他自己的遊旅之中，感受雙方的政治及文化差異，以及台灣人的台灣精神了。世界那麼大，不是一個人說的算。

隔日一早，一張他去西藏旅行時買下的明信片上，用簡體字寫著：

小马，我在台湾领略真正的美丽大海的壮阔与生机，祝愿：工作顺利，身体健康，合家幸福，加油！

2015,1,26 戴伟

一頂帳篷一個夢，我也想祝福戴偉繼續帶著他的帳篷他的夢，環遊世界。

04・雷鬼情侶

「一般而言」，兩個人以上的沙發客入住請求，都會被我拒絕，像是有回哥倫比亞的兩個男學生希望入住我家，就被我拒絕了，因為一個人在家的我面對兩個外國大漢，嘿，當然有隱藏的風險。

這只是一般而言。

這回，提出請求的是一個日本女生，她的男友來自以色列，這組合引起我的興趣，於是當下就答應了他們。他們兩人自行租車，遊覽著中橫及北橫公路，我和他們約在員山公園碰面。

以色列男生從藍色小 March 走下車和我握手時，他的右手還刁著菸，「我叫尼姆（Nim）很高興認識你」，我擠出尷尬的微笑；又看到日本女生由希（Yuki）時，我完全後悔答應沙發客「入住」了……

爸媽剛好在員山的家，對於以日兩人的突然來訪，媽媽冷不防地白了我一眼，她總討厭我把陌生人帶回家。當然，我們短暫的眼神交會並沒有讓第三人發現。兩個陌生人都還沒解決民生問題，於是我端出一碗番茄湯，盛碗白飯，放上幾片媽媽自製的蘿蔔乾，尼姆的嘴巴一邊咀嚼，一邊彎出微笑。

由希和尼姆向我們介紹了自己的來歷，但最引起我們好奇的，不是他們的故事，卻是他們兩個人的雷鬼頭。染成咖啡色的長長辮子垂在肩上，像雨林中的樹藤，我不敢確定他們究竟是一個月不洗澡的嘻皮，還是到處招搖撞騙的流浪情侶檔。

那就是我對他們的第一印象。

媽對他們最大的好奇，也是停在他們纏得像麻繩的頭髮上。由希坐在我媽旁邊，把腳側盤坐在沙發上，分享著他們今天開錯路，差點在中橫公路迷路的過程，「最後，我們開到一個原住民部落。那裡的山好美好美，台灣的山真的美得不可思議，我們兩個都愛死了。人也很善良。」當她說台灣的山很美的時候，閃過我腦海的竟是在日本靜岡瞥見僅十分鐘之緣的富士山。全然聽不懂英文的媽媽（如果聽得懂，媽媽的興趣也不在由希的旅行史），好奇地把玩撫摸由希的「麻繩」，由希倒也很大方地不以為意。

「你問她，你問她，她幾天洗一次頭髮？」我媽打斷我們的談話，她對雷鬼情侶頭髮的好奇超越現在所見所聽到的一切。我向由希解釋並提問媽媽的好奇。

「哈哈，不一定，可以天天洗，也可以一個星期洗一次。」就在頭髮的話題還滾熱的時候，我們漸漸感受到雷鬼情侶的友善了，那像樹藤又像麻繩的頭髮，不過就是想要讓這世界認識我們的面目。媽媽攀完樹藤就和爸爸駕車回頭城。夜愈深，雷鬼情侶的話匣子正被悄悄拉開。

由希來自東京，和父母關係不好，「日本人，對人不易說出心裡話，即便是自己的父母，所以我們感覺很疏離。我喜歡英文，但討厭我高中的英文老師，於是去澳洲打工留學，並在紐西蘭認識尼姆。」由希的英文流利，但稍微感冒且一日無甚食慾，她的聲音少了些「元氣」。

尼姆是以色列的猶太人，「看」起來不好接近。如果說大部分的背包客生命形態像液態，可以流向每個所行之處，貼合著當地的風土民情；那麼，尼姆較像固態，他有自己明確的形狀，擺在異地，就像奇珍。我可以輕易地感覺他的個性與強勢，不知道是不是猶太人之故。

這對雷鬼情侶在紐西蘭認識後，就一起出發至日本、東南亞和以色列旅行，他們沒有討論結婚這件事，由希卻已經做好了以後在他鄉生活的準備。「尼姆的媽媽是非常有趣的人，我跟他們，比跟自己的父母更親近。」

「你們在以色列做什麼？」我好奇他們靠什麼維持日常生活所需。

尼姆的眼睛亮了起來，一副換我登場的氣勢。他的英文有一種特殊的腔調，R的音擾動著許多其他的單字，聽得我有點辛苦。

「以色列人很懶惰，他們不工作，也瞧不起勞力的工作。」

「那勞力的工作誰做？」

「阿拉伯人做。」

政治、宗教、歷史和民族議題，正合我的胃口。

「所以現在的以色列和上一代的以色列人不一樣，他們變得懶惰，只想做坐在辦公室的工作。所以我租下一幢房子，隔出很多房間，晚上大家就一起喝酒、彈吉他唱歌，吸引很多年輕人。」

「免費提供？他們住在那裡做什麼？」

「我幫他們媒合工作。收割季節，附近的農田人力短缺，我為農家及年輕人配對，再從中抽佣金。年輕人賺了錢，付我房租，晚上和其他年輕人開派對、喝酒唱歌。」

「這是誰的想法？」

「我們一起想的。」尼姆看了一下由希。「年輕人覺得有趣，所以願意來到我們的房子，可以賺錢，又可以交朋友。」

「聽起來真酷。」

我對這對雷鬼情侶的觀點，又有些改觀了。他們不僅正在環遊世界，也正在改變世界。

難得家裡有以色列的沙發客，我迫不及待地想把關於中東及猶太人的所有問題，像飛鏢飛向靶心一樣往尼姆身上射。

「可以談談以色列的歷史嗎？」「猶太人和阿拉伯人的關係是什麼？」「為什麼現在歐洲在反猶太？」「你有宗教信仰嗎？」「怎麼看待回教、基督教和猶太教之間的關係？」「你怎麼看待巴勒斯坦？你贊成他們獨立嗎？」……

我似乎戳到他的說話穴，他一發不可收拾。講到猶太和以色列時，眼睛感覺都快要掉出來了，那百分之一千的激烈肯定或斷然否定，是我看過的背包客中少有的。我看過的背包客，大概因為年輕、雲遊或萍水相逢的緣故，對這世界和人生都還沒有既定的設定和絕對的認知。尼姆不一樣，他的形狀已經很明確，就像他那頭雷鬼一樣給人留下鮮明的印象。

「也許這個問題可能冒犯你，但請你不要介意。你以身為猶太人為榮還是……？」我極小心翼翼的問。二戰納粹的年代，身為猶太人像原罪，近六百萬的屠殺簡直要滅族；如今，在中東世界，他們更是阿拉伯人（約旦、黎巴嫩、敘利亞、埃及）的眼中釘，一九四八年復國，造成中東的區域政治大失衡，並導致數次的區域性戰爭，即使現在，仍是戰亂不斷。以色列當局甚至築起通電的高牆，要將巴勒斯坦的阿拉伯人隔絕在外，導致他們將成為沒有母國的政治難民。

「我祖父的年代，都受到政治的迫害，一個祖父從羅馬尼亞回到以色列，一個從波蘭回來。他們那個年代的猶太人，駝著背，不敢讓人知道自己是猶太人。後來，猶太人無路可退，決定站出來，回到我們的故土，建立國家。」講到無路可退四個字的時候，尼姆拍了一下自己的胸膛。

「猶太人有自己的語言，希伯來文；自己的文化，自己的宗教，我們靠著相同的宗教儀式和禱告用語，把一個散失在世界各地的文化重新組建起來。我雖然不是猶太教徒，但我以身為猶太人為榮。」

「嗯，我明白。」我一時之間不知道怎麼回應他激昂的愛國之語。

「嗯，我也明白。」由希低著頭，這麼回應他。

「你們日本人永遠也不明白，猶太人在歷史上一直是弱勢的一方，Ryan 是台灣人，台灣的歷史也是在弱勢的一方，Ryan 能懂。你不會懂的，日本人侵略韓國、中國、台灣，即使被丟了原子彈，那也是日本自己造成的結果，日本人不會懂弱勢的民族的感受。」尼姆說完後，背負歷史原罪的日本女生由希沒有再回話了。

「嗯，希望世界可以和平，以色列和巴勒斯坦的問題可以和平解決。」我說。

「嗯，我也希望巴勒斯坦可以建國，讓以巴關係正常化。」尼姆說。

「Ryan，我希望有一天你能真的到以色列來，來我們的家，我希望可以像你招待我們一樣，讓我們有機會招待你。」由希用以色列式誠懇的口吻向我提出邀約，可以感覺得出來，如果可以選擇，她大概希望自己是個以色列人，而不是日本人吧。

「以色列安全嗎？」

「哈哈，非常安全，跟台灣一樣。」尼姆說。

一個台灣人，一個日本人，一個以色列人，我們三個人同在一座星空下，蟲聲唧唧。我想，在以色列的天空，應該也是如此繁星點點，蟲聲唧唧。

我們都累了，我和雷鬼情侶道晚安，鐘，就這樣走到午夜。

05・杭州之晨

收到來自Chen Chen的入住請求，我馬上點了同意鍵。潦潦數行自我介紹裡，他提及自己「不良於行而欲騎車環台」的旅行，一句話就勾起了我的敬佩與興趣。

Chen Chen來自中國杭州，本以為Chen Chen是網路上的筆名，他說：「我在早晨出生，所以叫陳晨。」當我還在揣想他是不是有個陳午或陳昏的兄弟姐妹時，他就告訴我他是獨生子，一九八九年九月九日出生。

「我是溫州人，但我不喜歡我的故鄉；上一代溫州人很辛苦的，起早貪黑，白天做老闆，晚上睡地板。」

「但你不住在溫州？」

「我住在杭州，我不喜歡溫州。中國發展地區的人很現實，眼裡就是錢，每天拚命掙錢。交朋友總要想你對他有什麼用處。」可以想像，一個行動不甚方便、大膽騎著單車要環遊世界的人，肯定不是泅游於物慾錢海世界中的平凡人（當然，他也是平凡的，只是追求的不是一般中國人追求的安定和富裕）。一個價值觀與主流社會相忤的人，是不是註定要過得很辛苦？或者，那種與主流社會反差甚大的歧異，蛻化成一種出走的驅力呢？

環島之路，他總共帶上四大袋行李：一袋掛腳踏車前側、兩袋掛後側兩方、一袋壓在後側兩袋的正上方。這輛黑色公路車，就是載他環遊世界的千里馬。我幫他提了一袋行李進家門，並不經意地瞟了他那像鋼條的右小腿。

「介意了解一下你的腳的情況嗎？」

「不會，沒關係。」

「你的腳是天生的嗎？」他的左腳偏瘦，右小腿明顯地只用一根像掃把帚的義肢及義足撐著，黑色寬鬆短褲，大方地宣示他的殘疾與自在。

「不是，是後天的，小學五年級的事。」

「車禍嗎？」

「是的。」

他的勇氣和行動力，比起許多兩隻腳都健全的人，都強壯許多。「我的想法是及時享樂，然後五十多歲的時候，就可以被人抬走了。」他提及「及時享樂」四個字的時候，我閃過他從雲南騎車到曼谷的身影，那是他在沙發衝浪網站上的自我介紹。「台灣結束之後，準備去哪裡？」「去大洋洲。去新西蘭（New Zealand）和澳洲。新西蘭準備待一個月。」

晚上十點左右，他才剛從花蓮新城搭火車到宜蘭，連晚餐都還沒吃。「我們去吃個夜宵吧！」「好的。台灣叫宵夜。」「剛好相反，就像我們叫地道，你們叫道地，是吧！」我騎著摩托車，載他去員山市區買一碗四十塊的餛飩麵。

「對台灣的印象是什麼？」

他想了一下，沒有馬上回答。

「覺得台灣沒有你想像中的發展與進步，是嗎？」

「對的，你完全講中我的心聲了。」

這大概是近十年來許多第一次來到台灣的中國人的台灣印象吧！看得見的，也許拚不過大陸的一、二線城市了；在台灣，留下最珍貴的，也許是看不見的那些。

「台灣最棒的是人情味。有一天，我在嘉義的一個小鎮，在小販部吃飯，我隨口問一個貨車司機附近有沒有便宜的旅舍，他說附近的民宿都很貴，如果我不介意，可以睡在他家的置物房間。」

「嗯，台灣人還有很濃的人味。」

我們兩個都點點頭，他的餛飩麵已經吃完了。

隔天一早，家前合影。

「宜蘭有什麼著名的地標嗎？寫著大大宜蘭兩個字的地方？」

「宜蘭火車站吧！」我想不出第二個地方。「你要做什麼呢？」

「我到每一個地方，都會在地標舉『Free Hug』（自由擁抱）的牌子，然後將照片貼在我的微博，希望可以引起更多人對殘疾人的關注。」

我想像他在曼谷、吳哥窟、永珍、雪梨、基督城……擁抱世界，燦爛千陽。

凡杭州青年陳晨所走之路，他的「足跡」，便成「騎跡」。

06. 你好，我是盧卡斯

我的媽媽一向不喜歡我接待外國背包客，她不是吝嗇小氣，純粹只是安全考量。我是完全可以理解她基於安全的擔憂。因此，如果背包客可能和我父母見面的話（父母剛好來員山，或我帶背包客回外澳），我總希望讓父母感受到背包客的趣味或友善。

「你這麼多外國朋友，我尚呷意這咧！」我媽媽在大家的面前，這樣稱讚盧卡斯。盧卡斯的確很友善，也很親切，他來自東歐的捷克，但那一直掛在臉上自然的笑容，更像出產於陽光綻放的南歐。

「你好，我是盧卡斯（Lucas）！」他每遇到一個我的家人，就起身伸手，向他們介紹自己。他至少像明星般握了二十個人的手，因為他來到宜蘭的這天，適逢我外澳老家金斗公廟一年一度的廟會。於是我帶他去看歌仔戲、吃小舅舅招待的炒米粉，體驗一下鄉下人的可愛與傳統的風味。

盧卡斯捲曲的金色頭髮，短褲，雙眼皮，大大的笑容，剛好很合家人的口味。「你好，我是盧卡斯！」一個晚上，他重複了這句話無數次，握了我小舅舅、蘭姨、姨丈、爸爸、媽媽、依玲表妹、舅媽、大姐……的手「們」，當他準備握外婆的手時，我請他給外婆一個擁抱，盧卡斯大方地向外婆展開雙臂，外婆瞬間臉紅，笑得雙眼都瞇了起來，羞澀得像第一次約會牽手的少女。

晚餐後，金斗公廟的鑼鼓聲咚咚響起，一年又來到正月二十八。我們走向金斗公廟，盧卡斯也跟著我們，眼裡全是好奇。他在廟埕前看歌仔戲，戲班子的人因為少有這麼多觀眾而演得十分賣力。我和媽媽到廟裡，買了一副金炮燭，並在每一個神像香爐之前祈福。

「這裡天天都這樣嗎？」盧卡斯問。

「不，你很幸運，神的生日一年一度，你剛好遇到了，不早也不晚。」我說。

「我可以拍照嗎？」盧卡斯指著戲棚上的演員。

「當然沒問題。」棚上的演員都六、七十歲了，台下的文武場，有一個看起來六、七歲的孩子，包辦打擊的梆鼓、鑼、響板，一看就是出生於戲班家庭，節奏感天生自然。

「那，我可以做跟你一樣的儀式嗎？」盧卡斯又問。

「當然，如果你可以接受各種宗教的話。」我說。許多背包客，他們接受這世界的尺度是相對較大的，不論食物、人種、天氣、宗教或生活的方式等等，在許多差異面前，把自己縮小一些、再縮小一些地，嘗試體驗各種新奇的可能。

我領他走進狹窄的廟裡，他也想買一副金炮燭。

「多少錢？」

「自由樂捐。」我說。盧卡斯從口袋掏出了幾個銅板，匡啷地投入添油香的桶子裡。

「可以教我怎麼做嗎？」

看來，他不只是體驗而已，還很當一回事。於是我請他點上蠟燭，燃起香，他認真地像用心完成功課小學一年級的學生。

「告訴神明你叫什麼名字，你住在哪裡，以及你想許的願望。」我們兩個人，就站在金斗公廟的神像前。

「我要說出來還是在心裡唸？」

「都可以！」

「那神明聽得懂英文嗎？」

我不禁笑出聲來：「神明應該什麼語言都聽得懂吧！」我想表達心誠則靈，可是一時間尋不到對應的英文詞彙。

盧卡斯決定在心裡默禱：「神明你好，我是盧卡斯……」他唸唸有詞，看起來非常認真虔誠。一會兒，他把香插在香爐上，這是他人生第一次到華人的廟宇拜拜。我們拿起金紙，一起到廟外的金亭。他端詳著一張張金紙，及金紙上的圖案，好像在博物館裡欣賞畫家的名作一樣。「這畫是什麼意思？」我搖搖頭，被他的問題考倒了。

盧卡斯點了火，把金紙一張一張地放入金亭。望著燃起的火，他微笑地感嘆著：「我好喜歡這樣的寧靜，台灣讓我感到好和平！」鑼鼓聲的間歇中，可以聽見幾尺之遙海浪打在礁岩的聲音。

離開金斗公時，盧卡斯表示想跟大家合照，以留住人聲鼎沸而內心寧靜的美好夜晚。一年就只有正月二十八這一天，是老家的金斗公生。所有的美好，來自不早也不晚。

第二天一早，我們去吃早餐，盧卡斯堅持要付錢，他說，這是我能回報的小小方式（Return my favor）。這天，他晚上九點的飛機，準備前往下一站曼谷，然後回到他的老家捷克，完成碩士的考試。「也許，是時候，開始追求『穩定』的生活了，工作、人際關係，以及整理我的房子，弄一間房間，回報其他的『背包客』了。」盧卡斯三十一歲，主修歷史和音樂，打算回國後擔任高中或大學的歷史老師。

「旅行那麼多國家，最喜歡哪裡？」我問。

「毫無疑問的，台灣，我第二次來，並且一定會再來。」盧卡斯回答得一點也不客套，語氣裡是可以感受到的真誠。

「為什麼？」

「台灣的食物是我吃過最好吃、種類最多元的。人是最善良，最願意幫助人的，雖然有些不會講英文。風景很漂亮，我最愛太魯閣。治安也很好，如果我皮包掉在這裡，兩個小時後回來，皮包還會在。」他好像是觀光局的暗樁，安插在旅遊節目上的外國人，口口聲聲都是台灣好。

「哈哈！皮包掉了一定還會在？我看不一定哦！」我打岔，兩個人都笑了出來。

「旅行的過程，有遇到什麼危險的事嗎？」

「在印尼，我差點被兩個人綁架。我搭便車，兩個人載了我之後，他們不會說英文，我也不會說當地的話。但路愈來愈小條，他們好像在討論怎麼解決我，想洗劫我的皮包。『Stop!』

（停車），他們卻不理我。我已經準備好先丟下包包再跳車了。幸運地是，停紅綠燈時，一旁剛好有警察，於是我趕緊跳下車，結束一場可能的災難。」雖然他曾有過不愉快的經驗，他仍然對這世界保有龐大的信任，在澳洲、歐洲、台灣，一樣是用搭便車的方式旅行。

「在澳洲，曾睡在沙漠旁的公路，有袋鼠鑽進帳篷裡。還有毒蠍。」

他講來平平淡淡，我聽來不可思議。

「下次來台灣，想去哪裡？」

「龜山島，蘭嶼，澎湖。」

盧卡斯希望在搭機前，再用搭便車的方式前去石門鄉的「老梅石槽」。他寫了幾句自我介紹及前往目的地的英文句子，要我幫他翻成中文，那是他搭便車和人溝通的「語言」。

「你好，我是盧卡斯，我來自捷克……」

幾個小時候，盧卡斯傳來簡訊：「太酷了，有一台廂型車在我詢問以前，他就停下來，我整天都跟那司機和他來自中國的侄子一起遊玩，我去了石門，那裡的海太美了。現在，我正在前往桃園機場的小巴士上。」

07 背著球拍繞地球

因為她的名字，資料看也沒看，就答應她的入住。

她叫作「瑪雅（Maya）」。

Maya是很尋常的地名，在西班牙語系的國家常見，指的是中美的印地安人馬雅人，也有法力或幻覺的意思；在印度教的世界，更有一切「起源」的涵義。但我通通不是因為這些理由而喜歡Maya。

二零一一年九月，我已經待在菲律賓四個多月了，厭倦了在菲律賓教中文的無聊日子。當時既找不到有效能的教學方式，也還沒法完全適應宿霧的生活步調，更想念在台灣的家人朋友，心情經常被苦悶包圍。於是，那年九月底的三天連假，我逃到宿霧北方的小鎮Maya，就在那裡，我找到了一個小民宿。民宿大門面海，牆邊有花，不禁讓我想到海子的詩句「面朝大海，春暖花開」。像神諭般的畫面，治癒了我在異鄉的苦悶。

Maya，是我旅菲一年之初，重生之處；是我那年精神得以沉澱、滌洗的地方。

Maya 小鎮是一個意境；站在我面前的 Maya，則是一個故事。

她是來自波蘭華沙附近小鎮的女生，三十七歲，素食，精通波蘭語、德語、西班牙語、英語，略通中文。那些彈跳在口中的不同語系，也是她色彩繽紛的生命譜系。瑪雅大學畢業後，投入工作，因為通曉德語，任職於柏林的一間德籍網路遊戲公司。

「波蘭人對德國的看法是什麼？」閃過我腦海的，是二次大戰時德國納粹佔領波蘭、屠殺猶太人的歷史一筆。瑪雅慧黠地明白我的問句，笑著說：「那是過去了，雖然是很悲傷的事，不過也不是現在的德國人的錯。」我點點頭，不甚明白那種德、波之間的民族情感是否類近於中國之於日本。

「現在，我們比較擔心不是德國，而是俄國。」

「為什麼？」

「尤其是俄國佔領克里米亞半島後，我的父母就一直跟我說，有一天俄國也會像攻佔烏克蘭一樣攻佔波蘭。」大國旁的小國，就有這樣的悲哀。瑪雅隨後補一句「就像台灣在中國旁邊，不是嗎？但你們比較幸運，有一個海峽隔開。」

「那你為什麼會西班牙文？」

「我被公司派到馬德里工作三年，所以學會了西班牙文。」

因為我在二月去了馬德里，所以有了一些共同的話題。對於馬德里的高物價，我們心有靈犀地點點頭，也都喜歡蘇菲亞現代美術館。想像兩個陌生人，曾在前後不同時間去過同一個地方，而後又在另一個時空相遇而回憶及此地，竟有一種存在於知己間的生命交集的熟悉感。

「那後來呢？」

「後來，我不喜歡一直坐在辦公室的日子，單調重複，所以辭掉工作，開始旅行。我已經三年沒回波蘭了。」

「想念波蘭嗎？」

「會啊！想念家人和食物。」

「想固定下來了嗎？」

「工作還是感情？」
「都是。」
「感情不強求，但如果旅行過程遇到愛人，我也會想結婚。」
「台灣人也行？」
「都行。我不排斥任何可能。」
「那想固定工作了嗎？」
「累的時候會想，但更多時候還想繼續走。」
「這三年你去了哪裡？」
「我去東南亞旅行，泰國住一陣子，寮國住一陣子，越南住一陣子，然後就去了中國。」
「你都帶著球拍旅行嗎？」我驚訝地看著她的大背包，突出的那一段是網球拍的握柄。帶著球拍旅行，好像把自己的好朋友帶在身邊一樣，只要有球場，就不會孤單；然而，帶著球拍旅行的另一面就是相當不方便，尤其是交通移動時。
「雖然不方便，可是也許能防身。」我半開玩笑地說。
「是的！」她百分百的肯定句，似乎已經全盤消化攜帶網球拍旅行的不便。晚上飯後，我帶她去宜蘭運動公園打網球，她開心得像小孩子一樣。

瑪雅在我家住了兩晚，第二天她自己從宜蘭文化中心攔了便車，彎彎曲曲地去了外澳看海。懂得中文的她在台灣旅行，基本上沒什麼難度。「我在北京教了一年的英文，教幼兒園的孩子，順便學中文。」離開宜蘭後，下週要去台中的東勢當志工。她讓自己處在很鬆很細很微妙的狀態，好像去哪裡或做什麼都行。

第三天一早，我們一起在宜蘭高中對面的姐妹早餐店吃早餐，她點了豆漿和蔬菜蛋餅。餐後，我們合照，她背起大包，沿著復興路一步一步篤定地前行。我看著她的背影，大背包完全遮住了她的頭她的髮，只露出一後一前走遍世界的雙腳。

突出於大背包的，是隨她行遊世界的網球拍握柄。

隔一個月，她來訊，說在台中報了一個網球比賽，雖然第二輪就輸了，但還是很開心有這樣的機會。

再兩個月，她又來訊，說人已經離開台灣抵婆羅洲，一切平安，只是好一陣子沒有打球了。瑪雅可能在沙巴，可能在沙勞越，也可能在汶萊，她那背著網球拍的背影，正在赤道熱帶，留下稍縱即逝的腳印。

08 • 麥田男孩

諾伊（Noe）在六月九日寄信給我，六月十日將來宜蘭旅行，表示希望和另一位法國青年一起入住我家。我沒思索什麼，就答應他了。這麼爽快，可能是剛辦完學校畢業典禮的緣故，胸中大事放下一件，心情舒爽，有求必應。

他們一人一背包，感覺起來很輕鬆，我駐足於裝置藝術長頸鹿下方，看著兩人從夜市的方向慢慢晃過來。

一如往常，我和背包客約在宜蘭火車站見面。諾伊看起來像法國人，而他的另一個朋友黑髮黑眼珠，看起來就不像歐洲人。初相見，問起身世和背景實在失禮，我吞下直覺性的好奇，只伸出友善的手，自我介紹。「Hello, My name is Akim.」（你好，我叫阿金），我忍不住多看一眼他的髮色和膚色，那千分之一秒希望沒有透露出太多訊息才好。

阿金和諾伊兩人都二十三歲，彼此是在法國旅行結交的朋友；延續著那時的緣分，兩人繼續在法國以外的地方探索世界。

阿金的英文和中文都比諾伊好得許多，他正在國立中央大學就讀經濟系，很喜歡在台灣生活的便利性和人情味。聯繫我的是諾伊，但大多數和我講話的卻都是阿金，他的英文較流利，也能回答非常簡單的中文，例如「你今年多大了？這食物好吃嗎？」等等問題。而講起自己的旅行和求學經歷，侃侃而談的態度似乎讓諾伊有些羨慕，欲言又止的神態時常浮現在諾伊臉上。

諾伊已經不是學生了，「我在一個小鎮當農夫，種麥子，可以做麵包也可以釀啤酒的麥子。」原來，他是年輕的農夫，莫怪那談吐時的神情有些羞怯（也可能是使用英文的緣故），絲毫都沒有背包客浪跡天涯的風一樣的流動與一種特殊易辨識的「沒什麼特別形狀的形狀」。從一見面看到他，他的樣子就像剛到遊樂園的孩子，處處驚喜，總笑著說這裡好、那裡棒，「我很喜歡台灣」，他說。

阿金的英文有一種怪異的腔，溝通起來倒仍是沒有問題。他和諾伊都表示自己和大部分的法國人一樣，不怎麼喜歡英文，也不怎麼會說英文，「我們在讀書的時候，只要求可以通過考試就好，根本不想學英文」。

「大部分的台灣人學英文也是這種心情，應付考試，能看能寫或能聽，但是能不說就不說，或者無法說。」我補充。

諾伊插了一句話：「不，我認為台灣人的英文很好，我到每一個地方，遇到的人幾乎都會講英文，而且都講得比我們好。」我笑著不置可否，不確定是不是外國月亮比較圓，或者所謂的好，僅只是一些主觀際遇下的比較值。

阿金在台灣生活一年，最後一個月環台旅行，而諾伊則從法國飛來，加入他的旅程，我家接待的沙發，是他們第一次在台灣的沙發衝浪地。

我端出西瓜，讓電風扇也加入我們的聊天。諾伊再一週就要回法國，我問他「你想回法國，還是想繼續留在台灣？」他毫不遲疑地說：「我好愛台灣，不想回法國，台灣放眼望去都能看到綠色。法國問題很多，經濟，政治……台灣很好，台灣人很友善，東西放在任一個地方一陣子再回來，東西都還在，太不可思議了。」

我對於他心中的台灣印象，才覺得不可思議，相較於小偷猖獗的歐洲，自然還是可以理解他對台灣小島的理想嚮往。「但是，很多台灣人說台灣是鬼島，我們也有我們社會的問題要面對，在我們的眼裡，法國才是浪漫的天堂。」

說罷，我們都笑了出來，果然，外國的月亮真的比較圓。

雖然顧慮文化有所差異，而認識又不甚深入，這個問題會不會失禮或傷人；而我終於還是忍不住開了口，為什麼阿金看起來比較像亞洲人呢？

「我的爸爸是越南人，媽媽是阿爾及利亞人。」阿金神情自若地說。也許，他的家族史裡，也寫著越南時期難民潮和北非移民的坎坷故事，而故事背景，就設定在浪漫的法國巴黎。他沒接著說下去，故事只停留在兩個國家名，於是我也不好再追問下去，讓想像力接續所有的問答，在我腦海發展成霧樣的電影。

明日各奔天涯，阿金在留言本上，用幼稚園似的中文，寫上「我們喜歡西瓜！！」，諾伊則用他在加拿大買的相機，堅持要三個人自拍，想留下宜蘭一夜的美好記憶。「Ryan，如果你到法國來，一定要讓我知道，我很希望也可以這樣接待你。」

我彷彿，看到了微風吹起麥浪的田園風景，那氣味，就是真誠的人情。

09．脫韁的拓馬

有人旅行，為了獵奇，拓展經驗的邊界；有人旅行，為了探索自己，釐清內在的模糊；有人旅行，則是為了逃離，閃躲現實生活責任下的那個自己。

大宮拓馬就屬於第三種：逃離。

拓馬在沙發衝浪網站，寫了洋洋灑灑的一篇要求入住信，文筆好又有禮貌，重點是全部都「中文」。樂莫樂兮新相知，未見其人之前，我就有這樣的喜悅，真是聊得來的陌生朋友。我們在見面以前交換 Line 以便聯繫，因此他在花蓮時不時給我發訊息，分享旅行的樂趣見聞。素昧平生，卻直率真誠。

我想像，他是一個健談、大方、熱情的非典型日本人，我們將有一場理想的對話，從旅行聊到文學，從辰野金吾的建築聊到是枝裕和的電影……

而我有兩天的時間可以驗證：自己的想像正確與否。

第一天，接他的時間剛好有球友約球，於是我直接把他載到運動公園。他表示，在學校他是足球選手，以前也打過網球；一到球場後，他拿著我其中一支球拍，卻遲遲不下來球場，好像很緊張的樣子。下來後，我立刻明白他為什麼不下來了，因為他寫著「冏」的表情說明一切。他的球感很好，有基本控球的能力，畢竟他的母親在年輕時曾經拿過日本全國第三的佳績，想必訓練過他打網球。可是此時此刻拿著網球拍的他，彷彿渾身不自在。

「你上一次打網球是什麼時候？」

「國中。」

「哇！好久了。那你的球感很好。」

「謝謝。」拓馬客氣的說，但臉上好像沒有喜悅的感覺。一直把球打飛的他有不想服輸，卻不得不承認球就像前女友早已飛得老遠的挫敗感。

晚餐剛好和朋友要去吃飯，於是請二姐幫忙載他去東門夜市。回到家時，他已經在四樓的沙發區，洗完澡，躺在沙發上，地板上的線盤根錯節，手機、旅充、iPad 都正在充電。

「好聊嗎？」我問二姐。

「好難聊，我問一句他才回一句。」二姐回我。「跟你接待過的沙發客很不一樣。」

「我也這樣覺得，聊天沒有來回。一直問才能聊下去，好像我很想知道他所有隱私一樣。」

所以我們得到一樣多的訊息，二十三歲，日本名古屋人，來台灣打工遊學一年，去過很多夜市，覺得台灣食物好吃，但沒有想像中那麼好吃。還有，台灣很熱，台灣人很熱情。

這些話，他都用很標準的中文說，因為他在名古屋讀大學主修中文，也去過北京生活三個月。但他一直覺得自己的中文不好。日本人大概對於鑑定自己的能力一事，從小就被灌輸精益求精、學無止盡、謙沖自牧等觀念吧，所以即使能和台灣人溝通了，拓馬還是覺得自己中文不好。反觀我認識一些菲律賓人，他們只要能說「你好」、「你好嗎」、「謝謝」、「我很好」、「再見」……就會對人介紹說「I can speak Chinese」（我會說中文）。

是過猶不及，也是文化差異。

拓馬一下子就睡著了，四樓的閣樓，又悶又熱，電風扇吹來的都是熱風。

第二天一早，拓馬七點二十就出現在一樓，那正是我們約定的時間。果然是很「日本人的」，對時間掌握得很精準。我載他去火車站，隨他自己去玩。下午，他傳來訊息，說「我去了蘇澳的冷泉泡腳，現在在豆腐岬看風景呢。」

再度把他接回家時，已經是晚上九點半。媽媽正巧在員山家，家裡還有些剩下的飯菜，有炒的飛魚卵、煎魚、竹筍和青菜。剩下的半碗飯，媽媽直接端在拓馬的面前。

「肚子會不會餓？」媽媽問。

「不會。」拓馬說。

不知道拓馬的「不會」是客氣，還是真的不餓。媽媽就坐在拓馬的旁邊，好像在看動物一樣地看著他。拓馬拿起筷子，開始夾起飯菜。媽媽竟然也拿起筷子，夾了一大口的飛魚卵，就往他的嘴巴塞過去，好像在餵她三歲的兒子一樣。

媽媽的熱情大概有八十度，拓馬就以體溫般地「謝謝」回應媽媽突如其來的舉動，也許他被「台灣人好熱情」冒犯或驚嚇了。我其實不太懂，是因為他大學剛畢業不諳人際交流，還是個性使然害羞成性，抑或，還沒從台日文化差異中回神過來。總之，我不太理解他既選擇了沙發衝浪的旅行方式，卻沒有流露出想要與人交流的熱情或希冀。

「為什麼來台灣呢？」媽媽問。

「來打工遊學。」拓馬答。

「來多久了？」

「兩個月了。」

「來台灣做什麼工作？」

「教日文。」

「喜歡台灣嗎？」

「喜歡。」

「快吃快吃！那個魚很新鮮，菜是我們自己種的。」媽媽指畫了飯桌上的盤皿。

「明天去哪裡？」

「回台北。」

「會想回去嗎？」

「不想。」

「為什麼？」

「台北跟名古屋很像，都是大城市。」

「真辛苦，一個人來台灣。」媽媽別過來，用閩南語跟我說。

「他就是因為覺得在日本辛苦才來到台灣。」我說。

「一個人在他鄉就是辛苦。」媽媽用一種推己及人的心情說這句話，她年輕的時候在台北工作，常常以淚洗面，所以總不能理解為什麼有人能忍受長時間遠離家鄉工作，或者，明明可以不要的旅遊。

媽媽從廚房拿出瓶裝兩公升的梅子綠茶，兩罐。「喜不喜歡喝這個？明天帶去車上喝。」我笑了出來，他的背包已經那麼重了，怎麼可能還帶這四公斤的東西上路呢？但又為媽媽一股腦的熱情感到可愛極了。「日本人不太會切人的意，他們不喜歡也不會拒絕。」我用閩南語跟媽解釋。

果然，拓馬尷尬地笑了一下，眼神看了我，又回向我媽，說「好」。

「人家明明就要，你少在那邊自以為是。」媽媽罵我，一副下棋「將軍！」得意的樣子。

媽媽回外澳後，我問拓馬要不要睡我房間地板，涼些，他毫不猶豫地說好，想當然昨晚睡頂樓熱著了。洗完澡，他把行李取出一件件鋪在地上，其中的洗衣袋是我第一次在背包客的背包中看見的旅行用品。其實，他一點也不像背包客，一個耍帥用的帽子幾乎不離頭，而短褲、襪子、襯衫，也都是型男的裝扮，地上散落好幾條充電線，他是和網路世界一體的現代日本青年。

最異於大部分接待背包客的是，他與人面對面交流的能力顯得相當生疏，幾近愚拙的地步，一點也不像大部分喜歡與人交往的背包客。

「你喜歡日本嗎？」

「嗯，很難回答。有的喜歡，有的不喜歡。」

「不喜歡什麼？」

「壓力很大，不快樂。」

一個嚴謹、追求最大效益最大功利的社會，本來就是用一個一個個體的自由、性格、時間換來的。

「來台灣你的爸爸媽媽贊成嗎？」

「不贊成。他們希望我工作。」

也許，拓馬就是想短暫逃離那個壓得人窒息的日本大結構。

接著又補充：「我女朋友也不喜歡我來台灣，她哭了，在機場的時候。」

「你想她嗎？」

「不想，每天都有聯絡。」拓馬講完，自己莞爾一笑。

隔日，他並沒有把梅子綠茶帶上，這也是我預想中的事情了。我們連握手也沒有地道再見，更不用說擁抱了。只是客客氣氣，互道再見。

有人旅行為了獵奇，有人旅行了探索自己，有人旅行為了——逃離。

10．伊斯坦堡的妹妹

土耳其是中亞大國、歷史古國，人口數達八千萬，在旅行或接待沙發客的經驗，卻少有發現土耳其人。第一個接待的土耳其人，來自伊斯坦堡，他自我介紹說自己叫 Mehmet，我忍不住就笑了出來，明明是一個人高馬大的大男生，怎麼名字叫「妹妹」呢？

「我知道，在北京學中文的時候，有人告訴過我。」妹妹說。

妹妹的英文很流利，展現出一種高度的自信，他問我去過哪些國家？當我還在思考的時候，我反問他，他不假思索地回答了一、二十個，幾乎都是中亞或亞洲的國家。「我喜歡亞洲，比較不喜歡歐洲。」

我以為他只有二十出頭，沒想到他已經二十八歲了，大學都畢業很多年了。

「我可以在伊斯坦堡找到很好的工作，我的父母也希望如此，但我還不想定下來，還想四處去看看，去認識朋友。」

「你的英文怎麼那麼好？」語速，用詞，文法，以及表達的方式，都給我一種英語是他母語的錯覺，相較我在伊斯坦堡遇見的大部分的土耳其人，妹妹的英文不在同一個等級。

「大學時，我們的課本幾乎都是英文的。」

「你學什麼的？」

「資訊工程。」

「而且我很常旅行，必須用到英文。」

妹妹也在我問他問題的過程，穿插他對我的好奇。

得知我去過伊斯坦堡，他說：你講講你在伊斯坦堡印象深刻的事吧！

「有一天我走在金角灣的路上，一個背著鞋盒的男孩與我擦身而過，那當下，他掉了一個鞋擦，我彎腰幫他拾起，」我話還沒說完，「Shit!」就從他尷尬的嘴邊彈出。

「你是不是幫他撿起來了？」他問。

「是的。」

「你被騙了。那是詐騙伎倆。」

「剛開始他還為了感謝我而幫我擦鞋，我辭謝了一陣子，結果就讓他擦了。直到他開口跟我要二十里拉（約三佰元台幣），我才大悟。」

「然後呢？」

「我只給他五里拉。」

「我為土耳其向你道歉。」

說完，兩人又笑了起來。

入睡前，喋喋不休的他望著窗外的田和山，忽然靜了下來。我問他是不是想念土耳其了。他點點頭，表示想念家人，但還不想回去。他拿了他一歲多姪女的照片給我看，「她已經四歲了，現在。」算一算，妹妹竟已離家遠行了兩年多了。

「有時候，我打電話給我媽媽，她在電話那頭哭，哭著要我回去。我安慰她一下，還是繼續旅行。我不想這麼年輕就一直待在土耳其，像我所有的朋友一樣。我在伊斯坦堡好像異類一樣，家人朋友都覺得我很奇怪，怎麼不趕緊找工作。也許有一天會穩定下來，但還不是現在。」

投入於社會的大機器大結構，物化成小小的一顆螺絲釘或鍵盤，早已經是全世界的人類共同面對的生存議題。有些人別無選擇，只能投入結構之中，才能得以生存；有些人不假思索，就投入龐大結構之中，人生悠悠晃晃幾十年，簡單而重複地度過；有些人在遠離結構的過程，重新思索自己潛在的價值及人與社會的關係；有些人設法想方地要擺脫這種遊戲規則，為人生重設目標與定義。在這樣的命題上，我們似乎不需要語言，就能在彼此的處境中得到人類的共鳴。

「你在台灣感受到什麼特別的事物嗎？」我好奇。除了熱情、人情味、方便及美食以外，妹妹還補充「台灣的電視很奇怪，明明正播著中文影片，怎麼還有中文字幕呢？」這件事也曾有一個歐洲人發現而跟我說，我已習焉不察。「我也不知道為什麼。」語畢，兩人皆笑。

台灣行結束後，妹妹即將前往越南，那是他最愛的國家。他曾在越南教過一年的英文，有著超越對其他國家的情感。妹妹離開宜蘭前，我幫他在白紙上寫著大大的「蘇澳」和「花蓮」，他就站在高速公路的壯圍宜蘭交流道旁，準備攔便車上路。

妹妹在搖晃的稻穗旁，隨著車潮繼續衝他的旅行浪。第一天見面的黃昏，我帶他去賣捌所聽原住民歌手舒米恩唱歌。看著妹妹的背影，我應該為他翻譯〈為自己喝彩〉的其中一段

「雙手放開，誰還在，為自己喝彩，要過得精采。」

伊斯坦堡的 Mehmet，不是妹妹，而是像夸父，一個還在追索什麼的土耳其大男孩。

11. 四美女春天裡

和我在網路上聯絡的是克里斯汀娜（Christina），出現在我面前的卻是四個金髮碧眼的年輕美女，每一個都像是從時尚雜誌走出來的，本期主題是「金髮尤物旅行家」。

她們上了車，開心的自我介紹。名字和長相，我完全無法連連看，四個人都很標緻、大方，其中三人來自西班牙，一人來自比利時；來自西班牙的三人中，兩人來自說西班牙語（卡斯提亞語）的馬德里，一人來自說加泰隆尼亞語的巴塞隆納。她們拿台灣的獎學金，分別準備在台灣停留兩個月至半年不等。

她們生命的起始之地，都曾經和我生命某個時刻交會過。尤其是今年二月剛到巴塞隆納和馬德里自由行，一下子，我和三個西班牙女生就變得很熟，好像我們才剛參加完聖家堂的音樂會或蘇菲亞美術館的埃及藝術展。她們活潑大方的態度，不禁又讓我懷念起在西班牙享受的陽光和熱情。

「巴塞隆納和馬德里是什麼關係？或者，加泰隆尼亞人怎麼看待自己和西班牙呢？」我的問題似乎太過敏感或政治了，車內的空氣瞬間像醒酒了一樣，安靜沉穩下來。加泰隆尼亞地區一直在爭取獨立，是巴塞隆納人努力的事。二月時，在巴塞隆納的街上，不見國旗而處處州旗，街上也有獨立的連署。據說，馬德里和巴塞隆納的人互看不順眼，各有自己的優越。

英文最好的克里斯汀娜瞄了來自加泰隆尼亞的女生一眼，我從後照鏡發現了，加泰隆尼亞的女生大大的木耳環晃呀晃的。「這確實是一個嚴肅的政治問題，有加泰隆尼亞的人想要獨立，他們認為自己和西班牙不同。不論語言、種族或歷史。不過，這並沒有影響我們的關係。」她環顧了一下左右邊，「我們的感情很好。」加泰隆尼亞地區在十五世紀是亞拉岡王國，其亦曾與卡斯提亞的女王有姻親關係，後曾加入法國和奧國。西班牙內戰期間，加泰隆尼亞與西班牙關係更是交惡。二零一二年，巴塞隆納舉辦獨立遊行，參加人數超過兩百萬人。

加泰隆尼亞的女生補充，「是的，有很多人支持獨立，也有人希望西班牙不要分裂。但足球我們只支持自己的球隊。」西甲聯盟中，巴塞隆納和皇家馬德里兩隊的球迷像世仇一樣，常常為了球賽勝負弄得誓不兩立。「目前而止，我們仍都是西班牙。」

兩個人的說辭，都無從判斷她們真正的想法，更顯示這是個敏感而尷尬的問題，可能會危及交情。於是我作罷不再討論。

四人到家後，二姐泡茶給她們喝。她們喝得很開心，偶爾，比利時女生和加泰隆尼亞女生會到外頭抽菸，菸草，一包；菸嘴，一包；菸紙，一包。二姐覺得好奇，同她們捲菸去了。

克里斯汀娜看到網球拍和納達爾的裝飾品，知道我喜歡網球，也喜歡西班牙球星納達爾。我於是分享了在西班牙馬約卡島，一個網球練習場中遇到納達爾的故事。我說得激動，她是聽過這個故事的人當中反應最淡定的，「那不錯，我也曾在杜拜的休息室遇到他。我的父親是外交官，有貴賓票，我們在休息室為他加油。」這個介紹，讓我稍稍可以理解何以她的英文流暢，而亦略通中文的緣故了。哇嗚，外交官之女，走個後門就能看見大球星。

我們兩人曾前後與同一人交會，使得我們感覺更加接近了。

捲菸的二人回到屋內，問「門口的鞋子和安全帽放外面沒關係嗎？」

「不然，你們覺得有什麼關係呢？」我回問。

「這非常不可思議，台灣治安太好了，如果這是在西班牙，你把東西放外面，隔天一定不見。」克里斯汀娜說。

哦，我找到台灣和西班牙最大的差別了，這是春天裡四美女告訴我的事。

12・小河從城中穿過

「來到台灣，感覺自己好像出國了。」武漢少年這麼說。

他的感慨十分明確，因為他在這塊被中國政府稱為寶島台灣的土地上，看見海峽兩岸的同與異。我們黃皮膚，黑眼睛，說中文，吃米飯，拿筷子，祭祖先，賞月亮，過新年，這些都是血濃於水的同；台灣使用的正體字、可以自由選舉的民主政府體制、人與人之間較多的情味與互信（這當然是比較出來的主觀結論）、人民的素質如排隊、公共空間使用……那些對我而言像空氣的存在，在他的眼睛和心的作用下通通顯影了，所以他才會停留台灣幾天後，就發出這個感慨。

武漢少年是個大學生，隻身來台。找什麼，他也說不上來。既然來了宜蘭，又逢夏天，當然要去童玩節。來到我家的那天，他晒得蝦紅，可他說：「童玩節難玩死了。」

那麼，去自然一點的地方玩水吧，我帶他去外澳海邊。

「小馬，你太幸福了，你的家離海那麼近。如果我要看海，不知要搭多少個小時的車才可以到山東青島，那裡的海也沒這裡漂亮。」武漢是中國著名火爐，七月天應該悶得嚇人，看海簡直是天高地遠的奢求。

一到海邊，武漢少年像孩子一樣，在淺灘上跳來跳去，浪一陣一陣地打在他的腳踝，他的笑聲和鬧聲全都融在浪聲裡。

晚上，幾天前訂的澎湖牡蠣剛好宅配到家，十五斤，家人們圍在員山家的前庭烤牡蠣，他特別感覺一種像家的溫暖。

大姐把烤好的牡蠣遞給他，他伸手去接，燙了一下。

「你喜歡台灣嗎？」大姐問。

「我很喜歡。台灣很好。」武漢少年回答，臉上掛著真誠的笑容。

家庭可以談。政治，也可以談。談及內地、大陸、中國等概念，他不僅對這些在大部分台灣人使用習慣中，看似相近，實則有截然不同意識形態與政治義涵的詞彙有精闢的分析與理解，更能在感性的情緒中接納兩岸的落差與歧異。來自國父革命成功之地的武漢少年頭腦相當有料，心胸完全開放。

「我不喜歡中國。我想去德國讀書，現在很認真學德文。所以趁著去德國以前，來台灣走走。」

「你去了哪裡？」

寶島繞一圈，大家去的地方也大同小異。但是他的足跡，竟不同於一般的旅客，「我還去了高雄市的人權學堂。」

民主，對我們而言，像空氣。但對於他而言，民主，也是景點。

烤牡蠣吃得大家胃飽耳熱，我偶爾注意一下他的神情，他全神貫注地試著融入大家，臉上寫滿羨慕與接納，我在他身上感受到一股年輕的開放與自由，像一座大湖，蓄勢待迎一場又一場的大雨或一山又一山的融雪，不久的將來，湖面就會閃著山色月光。

「我覺得你們的生活好幸福。」武漢少年若有所感的說。

「吃，再吃，多吃一點，這牡蠣很新鮮，你們那邊吃不到，你多吃一點。」大姐熱切地招呼他。

武漢少年是個心思細膩的人，總在觀察、感受、剖析、想像，對未來有想望，有擔憂，有切實的規劃，也有浪漫的期待。說起中國人，他也有銳利不留情面的批判，「自私，不守規則，生活素質差，愛吐痰，不排隊，哎，很多我看不慣的。所以我覺得我一點也不適合生活在那裡。」

「沒有一個地方是完美的。」我說。
「但我知道中國不是我想生活的地方。」

夜深，冷氣覆蓋，眠就要托給黑暗了，他像夢話似地輕輕說：

我覺得你很懂我，跟你分享一個故事。讀高中的時候，我參加過湖北省的作文比賽，得了全省的第二名。作文的題目就跟土地有關，我寫的是「小河從城中穿過」。……從前，我的老家那一帶，是有一條小河的，小河從城中穿過，女人們就在河裡洗衣，小孩在河裡玩水，那時人們追求的事物跟日常的生活都很簡單……後來啊，城裡開發了，樓蓋起來了，小河自然逃不過人類開發的命運，就這樣消失在我們的身邊。……我也就這樣長大了，小河從城中穿過，變成記憶裡的一部分……我住的地方，曾經有小河從城中穿過……

多少年了，我幾乎沒有睡前聽人講床邊故事呢，武漢少年用小河淌水的語調，平平淡淡舒舒緩緩地講了一段回憶。他像對著天花板說，而我也望著天花板，彷彿在黑色中聽見小河的聲音、看見小河的曲影。

「有些是真的，有些是假的。」他說。

「故事是假的，情感是真的。無妨。」我說。

武漢少年離開我家前，表情憂鬱，沒有前往下一站的喜悅。他說我真捨不得這裡的一切，我也真能明白他的不捨得。

兩三年後，他捎來消息，人已經在德國讀書了。而我家的筆筒，有一支高雄人權學堂的紀念筆，他忘了帶回去。每次看見那支筆，我總要想起小河從城中穿過的故事，想起一個人在德國的武漢少年——鄒鬱。

13 · 帶立陶宛女孩去釣蝦

這個像跨國戀情的標題比我們實際的相遇□□多了。

立陶宛，Lithuania，單單這個國家的英文，就讓我練習了十分鐘。比起英文，立陶宛語發音的立陶宛（Lietuvos）更接近中文翻譯，除了波羅地海三小國之外，我腦海搜尋不出任何與立陶宛相關的訊息了。「你好，我是奧斯蒂（Auste）。」

奧斯蒂見我正用手機求救 Google 大神，說「立陶宛的籃球很有名，我們的平均身高是歐洲最高的。」她果真是來自平均身高最高的國家，身材壯碩的她，大概有一百八十公分，乍看之下，頗有女籃隊員的樣子。

我像臨時抱佛腳的考生，在網路上讀關於立陶宛的急就章：首都是「維爾紐斯」、人口約三百萬，立陶宛族占八成以上、曾被俄國統治（所以她說立陶宛人普遍對俄國沒好感）、面積約六萬五千平方公里、曾是世界上核能發電占全國總發電比例最高的國家（八〇．一％，但在二零零九年關閉最後一個核電廠，成為全世界第一個完全脫離核電的國家）、二零一五年開始使用歐元、自殺率最高……

自殺率最高？！立陶宛？！自殺率最高？不是日本或韓國？！

我懷疑自己的眼睛，於是我們見面的半個小時中，馬上進入關於自殺率最高的討論。她旅行了那麼多國家，擦肩而過這麼多人，我可能是第一個對他們國家自殺率好奇的人吧。

奧斯蒂說話總是慢慢的，看不出她的熱情。但她說：「我不是典型的立陶宛人，我算是喜歡和人在一起，喜歡說話的。」她的溫吞和距離，也算是她口中「我喜歡和人在一起」，那麼，可以推想大多數的立陶宛人可能更不喜歡與人交際了。也許，寒天凍地、長時段稀罕的日光、沉默安靜的民族性，都與選擇用自殺的方式消失於問題與人群之中有關。

剛好幾個朋友也在家，我們約好去五結釣蝦，問她有沒有興趣，她點頭說好。

釣蝦場是許多台灣人的娛樂場，可以烤肉，也可以釣魚、釣蝦、夾娃娃，可是，那場景卻嚇壞她了……

我們在櫃台領了釣竿，及一個鋪著布的小盤子。坐到池邊，奧斯蒂好奇地看著我們的一舉一動，這是她這輩子第一次「釣蝦」。

「那盤子要做什麼？」她問。

「蝦子的食物。」我說。

隨即，我翻開小布，奧斯蒂啊了一聲，表情嫌惡，倒退兩步，她的眼睛對焦在盤子上的海蟲，海蟲正交纏、蠕動著。我拿起小刀，把海蟲切割成一小段一小段當作蝦餌。她完全無法接受這個畫面，「我到旁邊看書，你們釣。」接下來的一個小時，她就在一旁讀著她立陶宛文的書，我放生她，與朋友自在釣蝦。

立陶宛女孩關於宜蘭的記憶，大概就是蠕動的海蟲和跳動的蝦子吧。而一邊釣蝦的我，在心裡繼續納悶著：為什麼立陶宛是全世界自殺率最高的國家，為什麼不是日本？韓國或北歐呢？

隔日，奧斯蒂在我還在睡覺的時候，就悄悄離開我家了，不過這是前一天就約定好的事。自然而然地相遇，自然而然地分別，我們沒有說再見。而後，她傳了一封超過一千個字的訊息，回答關於我對立陶宛高自殺率的好奇，內容大概是這麼說的：

立陶宛的秋冬時程很長，日光很少，以十二月來說，一個月平均日光只有二十五個小時。

（我曾問過，同樣所處於北歐的人們日光時間一樣少，為什麼他們自殺率不會那麼高呢？）

北歐其他國家的相關防治資源比立陶宛多，如室內運動場、醫生、諮商師，但立陶宛人既缺乏相關知識，又不太看醫生。安靜沉默的民族性，也可能是其中一個因素，人們不太對別人談論自己，總試圖自己解決問題。當然，許多人往往無法真正解決問題。

社會因素，包括有人長年酗酒，或失業；學生在學校遭到霸凌，但不受重視；或同志，不受社會接受。

歷史脈絡上，自殺也未必是不好的事。中古世紀，若城堡遭敵人攻陷，城堡內的人會選擇集體自殺，以免遭人俘虜。在歐洲，唯一一個非以基督教為主的國家就是立陶宛（Pagan 指異教徒，或非基督教徒的），基督教視自殺為一種罪，異教徒如我們則視為一種光榮。一百年前，一個未婚懷孕的女孩自殺，正是一種符合歷史脈絡與社會期待的光榮。

因此，總括來說，立陶宛即便不是日光最少的國家，亦不是最貧窮的國家，卻有最高的自殺率。

這樣的解釋，Ryan，你可以較理解了嗎？

幾天後，奧斯蒂已經在菲律賓了。

她說，旅行了這麼多個國家，目前最喜歡台灣。我又回問她，為什麼。也許北方的慢熟的人們，需要多一點時間來滿足我像泉湧般的好奇。我慢慢等，像立陶宛人等待冬天的陽光。

帶立陶宛女孩去釣蝦，這個標題，像極跨國戀曲，然而，卻比我們實際的相遇，浪漫多了。

14．生日派對

一個屋子擠滿了朋友，熟識多年的，也有初次見面的。熟識多年的，是球友，他們特別回到宜蘭，要為二姐慶生；初次見面的，有兩位漂亮女孩都叫凱特瑞拉（Katerina），都來自捷克，都很能開玩笑也很懂台式幽默，都是來台攻讀醫學院的大學生。

還有人想要來，發了訊息給我；我看了一下兩位凱特瑞拉，問：「還有兩個捷克人要來我家，你們介意和他們一起睡地上和沙發嗎？」沒多久，也是來台讀醫學院的捷克男學生大衛就抵達員山，帶著他的台灣女友，看起來都青春洋溢，熱衷於結交新朋友。

台捷之夜，一個家聚集了三個捷克人和五、六個台灣人，歡樂流暢地聊天，彷彿我們認識許久。有酒更歡。二姐取出去捷克旅行時買的一種草藥酒，又獻寶似的拿出一個長嘴的溫泉酒壺。「沒想到這些從捷克帶回來的紀念品，會跟捷克人一起用一起喝。」

兩個捷克凱特瑞拉都驚呼連連，萬萬沒想到在千里之外的台灣喝到家鄉的酒。但是更酷的是，大衛從他包包裡取出另一款酒，整間的台灣人都笑翻了，是炒菜用的「紅標米酒」。

「那是煮菜用的。」我們提醒他。

「但這才是道地的台灣的味道。」大衛說著，以口就瓶，啜了幾口。

二姐的回憶正燙，捷克行是她第一次一個人到歐洲自助旅行。而她旅行的其中一個目的地，是布拉格，剛好我有個學生君燁在那裡主修攝影攻讀碩士，於是二姐就以布拉格為據點，安排了幾日的一天行程。她把捷克旅行的見聞一一攤在桌上，兩個捷克凱特瑞拉總能有共鳴地回應，彼此都回味起關於那些空間屬於自己的獨特記憶。

夜深，我安排四個沙發客洗澡的空間，二姐外出。

我與兩位凱特瑞拉密謀，「明天就是Demi的生日，我們一起給她個驚喜如何？」Demi是二姐的英文名，我調皮地提議沙發客為她慶生。

「好啊，我們可以怎麼做？」兩位凱特瑞拉躍躍欲試。

「不然，等一下你們偷偷躲在Demi的房間裡，當她回來的時候，她以為你們都在休息了，然後開門進房間，你們就突然從躲藏的地方跑出來，給她一個驚喜。」我就想看二姐被嚇的樣子。我與兩位凱特瑞拉想像等一下的情境，三人都拍手叫好，笑到歪腰。

「可是，我們第一天見面，這樣子她會不會生氣？」其中一位凱特瑞拉理智線接回，問我。

「應該不會，你們放心。」

「好啊，好開心哦。」原來一個小調皮接待了兩個小調皮。

「等一下，當Demi回來時，你們就要馬上到她房間躲好，不可以出聲音知道嗎？」我交代她們，怕她們事跡敗露，被聰穎的二姐發現，那就像傻子一樣無趣了。

我帶二人到二姐房間，三人仔細研究可以躲哪裡。最後，一位凱特瑞拉決定躲靠廁所的床邊，用床單遮住；另一位凱特瑞拉決定躲在梳妝台下，以椅子做掩護。

「好有趣，可是好緊張哦。」

「不用緊張，你們要哇得很大聲，然後抱住Demi哦。」

「那我們什麼時候開始躲？」

「我會給你們暗示，等Demi回來，一聽到摩托車的聲音你們就馬上上樓躲好。開了大門，我會跟Demi說我累了想休息，她沒多久就會回房間……」我沙盤推演流程，希望萬無一失，就要以「花容失色」當作二姐難忘的生日禮物。

晚上十點多，摩托車聲響起，大門開，簡單對話，我跟二姐都準備上樓。一到房間，二姐開燈，人往床的方向移動。眼看好戲正要上場，也許是臨時演員太過緊張了，二姐還不夠靠近時，兩位凱特瑞拉就馬上跳起來，說「Wow, Demi, Happy Birthday!」（黛米，生日快樂！）

二姐嚇是嚇到了，可不至於花容失色，倒是兩位凱特瑞拉玩得不亦樂乎。

捷克之夜，生日派對，萍水相逢的人互相擁抱了彼此。而明日又隔天涯，情侶檔回到滾滾台北城，兩位凱特瑞拉，正前往攀登雪山山脈的路上。也許明日夜幕低垂，她們會站在聖稜線上，仰望繁星，回想著為一位朋友而躲藏的生日派對。

15・柏林先生

柏林先生的姓氏，和德國首都 Berlin 一模一樣，我還以為他是因為來自德國柏林而叫柏林。但這只是巧合，他的名字與德國首都無關。柏林先生是我接待過的沙發客中年紀最大的，「我四十三歲。」他含糊不清地說，不知道是不是茂密的鬍子擋住他聲音的緣故。

柏林先生背著一個超大的背包，休閒褲卻配上短袖襯衫，我怎麼看都覺得他的打扮太不入時。而他語速之慢，搭配著晒紅的臉頰，二人同乘一台摩托車，不禁有種載了一個醉漢準備回家的錯覺。

「我在德國的私立學校當老師。」

「國小？中學？」

「高中。」

「你教什麼？」

「數學，也教物理。」

「台灣社會，很喜歡引用德國的教育理論或方式。」

他露出難以置信的表情，又笑了一下。

「你覺得在德國教書最大的挑戰是什麼？」我問。

「嗯……學生不想學習，沒有動力。」他回答，但想了一點時間，以致於我不斷分心想像他是一個嗑藥的背包客，然後半夜偷了我家的東西後潛逃之類的罐頭電影情節；他的慢，可能只是個性謹慎的一部分，或是他英文沒有非常流利的緣故。「有些孩子不想去學校。」我覺得自己好像等了一個世紀了。

這問題似乎舉世皆然，如何讓學校變得更有吸引力、讓學習變得更有趣、讓學生變得更有動力，是每一個教師的共同難題。

我隨便煮了麵，解決兩個人的晚餐。拿了湯匙和筷子給他，他堅持使用筷子。「我應該要學習如何使用筷子。」他偶爾也想掀起新的話題，比如我的旅行經驗、對中國的看法或教育方式，然而他超級慢的語速讓我對聊天這件事興趣缺缺。於是彼此早早休息。

隔早，他把我的留言本放在桌上，裡頭密密麻麻，有文有圖，總共寫了三頁，肯定花了他不少時間。一頁是他的感謝，一頁是建議我在頂樓安裝太陽能板，就連太陽能板分兩種、哪一種適合我家他也標示出來了。第三頁關於教育，多元分組模型，他建議教學現場可以將學生分成四組：精熟者（expert），解釋者（good explainer），提問者（good questioner），交流者（socializer），每一種類型下都有著詳細的解釋。我一邊翻譯英文，一邊吸收專業知識，一邊揣想他的理性，一邊感動著對於我的提問他回應的認真。

「你真的是非常有組織且理性的德國人。」

「我想，我應該要回答你的問題，讓你滿意。」他說完，又從大包包裡拿出一條三十公分長的德國香腸，「送給你品嘗，我從德國帶過來的。」想到這條包裝香腸同他旅行過東南亞、中國和台灣，最後留在我的家，這份心意就彌足珍貴。

我和他一起吃早餐。早餐店，巧遇同事毅竹，他好奇地問了柏林先生兩個問題：

「同屬歐盟國，對於希臘快要破產一事，德國人有什麼看法？」

「二戰之後，戰敗國德國為什麼會復甦如此快速？」

柏林先生一五一十地提出他的觀點，像外交部發言人回應媒體提問。也許是談到他的國家議題，他的態度略顯嚴肅，而語速也加速到比較像自然聊天。最後一句話令人印象深刻，「戰爭可以摧毀設備，但摧毀不了德國的教育和德國人的頭腦。」

柏林先生彷彿醒酒了一般，井井有條。

我請他站在早餐店留影。他那大鬍子後方的海報，正是一張「德國香腸」。

16・煙台火影忍者

來自中國煙台的解鴻儒抵達我家的這一天，家裡剛好重新裝潢書房。當他到了宜蘭時，頻頻發簡訊來，問幾時可以過來。我已經回他說我在忙，請他到附近晃晃，他偏偏又來電「Ryan，我什麼時候去你那方便？」

「我現在不方便去接你。」

「沒事沒事，你給我地址唄！我打車過去。」

單單通電話，我就不想見這個沙發客了。也許他的「唄」只是習慣用語或聊表親切，我聽了卻不怎麼喜歡。十分鐘之後，他果然出現在我面前，並從計程車後車廂搬了一卡超過三十吋的大行李箱。

這是哪門子的背包客？我的無言不知道有沒有表現在臉上。他和我握手，兩三句自我介紹。「哎呀，熱死我了。我的天啊！來你們家的計程車怎麼那麼貴呀！從台北搭車過來宜蘭不過一佰二，我從宜蘭火車站打滴來你家竟然要一佰八。我的天呀！」

我有點受不了他的喋喋不休。沒多聊幾句，就帶他到四樓的沙發區。他的行李箱又大又重，提得他唉聲嘆氣的。我真後悔答應接待他。

解鴻儒擦了一下汗，把行李箱打開，衣褲用品就像山崩一樣滑了出來，這個二十九歲的青年，肯定是個媽寶，因為這些簡單的事都無法自理，他根本不是背包客。「我是來台北參加安麗的年會的。」

「直銷公司安麗？」

「是的，你也知道呀？」

「我的牙刷和洗碗精也是安麗的。」

「哎呀，真巧。我是被我媽帶進去的，我媽……，安麗……，我媽……，安麗……」

「你整理好就下樓，我等等要去打球。」他是一個真性情的人，初次見面，似乎有點太真性情了。

他說要隨我去球場，我就載他到運動公園，讓他自己去附近逛逛。

沿路，他又驚呼連連。車過運動公園附近的珍珠路，他說：

「哎呀，你們台灣真漂亮啊，好多草地啊，看得我真想躺下去。」

「你說什麼？好多什麼？」

「草地啊？那不是草地嗎？」

我看了一下兩旁的稻田，忍不住笑了出來，「那是稻田，不是草地！」

「沒關係，都好，我好喜歡台灣呀。」

他的語速、音頻和聊天內容，像足了一個懷有少女心的少女。

運動後，我走了幾條小巷，準備去吃豆花。

「這路怎麼那麼小條呀？」

「對啊！巷子。」

「你要載我去哪裡呀？該不會要把我賣掉了吧？」

我聽得出來他不是在說玩笑話。但他的問題真讓我想罵他蠢。「你值錢嗎？怎麼會怕我把你賣掉？」

「當然啊！如果把我弄昏摘我的器官去賣怎麼辦？」

「你已經來到台灣了，這裡不是中國，請放心。」

豆花店，隔壁桌剛好有幾個原住民，一直在注意我們的對話。

有一個男的終於忍不住地開口了：「你是中國人嗎？」

「是呀？中國人怎麼了嗎？」解鴻儒有所防備的神色對應著那原住民輕鬆友善的表情，真讓人覺得這個中國人活得提心吊膽，十分辛苦。

「來台灣玩啊？」其中一個原住民問。

「是啊。」他答。

「台灣好玩嗎？」原住民繼續問。

「台北沒有想像中發達，但台灣人素質特別好。」他答。「那你們來宜蘭做什麼？」

「我們來比賽，我們是男籃。」原住民回。

「藍藍是什麼？」他問。

三個原住民都笑出聲音了，那個問話的原住民指了自己說「我是藍藍」，又指了另外二人「他是黑黑，他是紅紅。」

我也忍不住笑了出來了，解鴻儒似乎不那麼聽得懂原住民腔，又不懂他們的笑點是什麼，臉色有點尷尬，又講了幾句反駁的話，顯得小器無趣。

隔天晚上回來，我問解鴻儒今天去了哪裡。他竟然花了一個半天，在宜蘭大學的體育館看「藍藍」打籃球比賽。

「還去了哪裡？」

「還去誠品書店。」

「買什麼？」我以為他會買國共相關的史實或大陸的禁書。

「火影忍者。天啊！你們台灣的漫畫真便宜，紙也比我們好，……」一發不可收拾。

我想像他那個超過三十吋的行李箱塞滿衣物、安麗用品，還有幾本火影忍者，就忍不住笑了出來。

洗澡後，他似乎想跟我聊天，又走來我的書房，問需不需要幫忙。正巧我剛安裝新書櫃，於是我請他把放在地上的書一本一本遞給我，我準備將它們重新「束諸高閣」。對著我大學時期的精裝書《蘇文忠公集》、《資治通鑑》、《古文鑑賞集成》……「我的天啊！你是什麼年代的人啊？怎麼盡讀些奇怪的書啊？」

「哈哈，我們是同一個時代的人，但不同世界。」

「這些書肯定無聊死了。」

煙台火影忍者解鴻儒，名字一點也不如其人。行走在這個世界的人百百款，歡迎到台灣走走看看。

一本一本的書又回到書架原來的位置上了。想著，幫我替我擺書的竟是萍水相逢一面之緣的山東煙台人，我忍不住又笑了出來。

「笑什麼？」他直率地問，一副我們熟識十年一樣的語氣。

「沒什麼。」講了他也不會明白，於是我繼續擺書。林立的書叢，就獨缺那本火影忍者。

17．維也納護士

來自音樂之都維也納，護士，素食主義者，怎麼想像，都覺得這些交集出來的人應該是個五官俐落、睿智而溫和的女孩。站在我面前的，卻是典型小說當中會出現的扁平人物：肥胖，短小，中年，滿臉的落腮鬍，還有怎麼看都覺得過氣的衣褲。

「喬瑟夫（Josef），很高興認識你。」

他伸出友善的手，那笑容中有很飽滿的憨厚。憨厚，就是閩南語俗諺「一枝草一點露」的那種憨厚。他的確一步一腳印地從歐洲來到亞洲，一路從印度、緬甸、泰國、馬來西亞、寮國、柬埔寨、越南、菲律賓等十多個國家，然後來到台灣。

「為什麼你可以旅行這麼久？」我問。

「辭掉工作。」他笑著說，一副這很稀鬆平常自然不過的事情。

「我三十四歲了，想出來看看世界是什麼樣子的。尤其是亞洲，我因為喜歡佛教的義理而讀了一些亞洲的書籍，但總想來看看。我喜歡佛教。」他補充說。

「你是佛教徒嗎？」一個基督教世界環境長大的人會對佛教有興趣，那真是殊勝因緣。

「算是，所以我也吃素。也練習打坐。」

我因此介紹了台北的宗教博物館、花蓮慈濟園區和高雄佛光山讓他知道，他像認真的高中生拿著筆，把這些資訊抄在那密密麻麻的旅行小筆記本上，深怕遺漏什麼。我明白，像他這樣知性重於感性的旅者，肯定會有一些好奇，所以他問了一些問題：

「台灣的傳統宗教是什麼？」

「佛教和道教有什麼關係？」

「你怎麼區分寺廟是佛教的還是道教的？」

「宜蘭有什麼特殊的地方或活動嗎？」（剛好再兩週就是農曆七月底，我馬上和他分享頭城搶孤的消息，他眼神裡又都是光，立馬又筆記了一番。）

「台灣不只人好，食物好吃，還是一個很有文化的地方。」這是他的結論。

不知怎麼地，我總覺得喬瑟夫此生此世是歐洲人，可前生肯定曾有一世出生在東方，這趟亞洲行，彷彿只是重回到那些他曾生活過的地方看看。

「台灣之後去哪裡？」

「日本。我要去四國。」

「為什麼？」

「我想花一、兩個月的時間，去走八十八箇所。」

八十八箇所是日本四國地區八十八間著名佛寺，許多日本人認為一輩子至少要一次用走的方式參拜所有的寺廟，像回教徒的麥加朝聖一般。我曾在香川縣的大馬路旁，看見穿白袈、戴竹笠行走的信徒，日本的朋友告訴我，他們正在朝聖八十八箇所。當地人看到這種人，都會禮遇尊敬。

鬼門關了之後，離喬瑟夫離開台灣，大概一個多月了。想來，他應該正在往八十八箇所中某一間寺廟的路上。

瀨戶內海的風，正吹在一個維也納尋道者的臉上。

18. 她帶一頂斗笠來

當她走進我家時，我忍不住笑了出來。不只是因為與背包客、沙發客概念非常衝突的行李箱，而是她手中的一頂斗笠。

「為什麼你會有這種東西？」我眼睛瞄了一下斗笠，她似乎也感受到我的好奇。

「買的。」她冷淡的說。我不明白這種冷淡的態度，是因為優雅、優越還是個性使然。

「怎麼會買這個？」我第一次看到家中的背包客拿著斗笠。

「我去九份玩，看到，喜歡就買啊！很美很有台灣味啊！」

旅行，似乎就是從同中求異開始。同為亞洲人、華人，可是來到台灣，她還是能看到與新加坡不同的地方。我們都是人，卻過著不一樣的生活，用不同的價值觀在衡量每一個事件，快樂著不一樣的快樂，煩惱著不一樣的煩惱。我這也才想了一下，一個新加坡人眼中的台灣，有什麼他們沒有的「吸引人的不一樣」呢？

「你們有沙灘，是真的那種，不是運來的假的那種。」我明白她口中的假的沙灘是指新加坡著名渡假聖地聖陶沙，人工沙灘。

「你們有山，你們有田，你們有鄉村景色，那些都是我們沒有的。」也許很多年前新加坡也曾經有，如今那些地不種田了，反而種許多高樓大廈，人就穿梭在那些水泥鋼筋的垂直縫隙中，追求諸多世界第一的經濟奇蹟。

面前這位新加坡女孩有一個很美麗的中文名字，像武俠小說裡的女劍客，叫學容；但現實中，坐在小木椅子前的她，卻有一種端莊與規矩，以及城裡人不經意流露出的優雅與優越。

我聊了《小孩不笨》，也想多聽聽新加坡的教育議題。但是聊天的火花卻不花不火，草草結束。

「你還有觀察到什麼台灣與新加坡的不一樣嗎？」

「台灣的食物很甜，也有很多很Q的食物，像是蚵仔煎、芋圓、肉圓，都是Q的。」

這也有趣，在食物中吃出台灣特別。

她來的這個晚上，突然有另一位沙發客伊利亞也要入住，各自洗完澡後，就讓他們自己去聊天了，我當個清閒的沙發主，早早去睡了。經過新加坡女孩的大包包時，一旁的斗笠還是忍不住引出我的笑聲了。

19 • 彈烏克麗麗給自己聽

報紙說還好風是往另一邊吹，不是往基輔吹。好吧，但是風是朝著白俄羅斯吹，吹向我和我的尤利克。我們在森林裡摘白菜。老天，當時怎麼沒有人警告我們？回到明斯克後，有一天我搭公車上班，無意間聽到一個攝影師在車諾比拍片被燒死，我心想，那個人是誰，我認不認識？……天啊，那是我名字！

不記得這段爭執從何開始，客廳裡的三個人都十分堅定立場，兩個亞洲人持反對意見，唯一的歐洲人再三重申：白俄羅斯是歐洲中心。儘管為了證明他所言不假，他畫了比例和形狀都十分相似的歐洲地圖，也透出他的手機螢幕，卻還是沒能說服另外兩人。

學容是新加坡人，我是台灣人，我們兩人一併質疑，你根據什麼證點，證明白俄羅斯是歐洲中心？我們兩人像亞洲聯盟，又提出了些問題：白俄羅斯算是歐洲的一部分嗎？還是亞洲？歐洲西至大西洋，那東邊的邊界是哪裡？高加索山？你的歐洲中心是政治意義的還是地理意義的？……

唯一的歐洲代表伊利亞，對於無法說服我們感到有些沮喪。然而這份沮喪並沒有讓他丟掉笑容，他仍然笑容滿面，親切可愛，像個身材再放大而臉龐清秀的七、八歲小男孩。

我們最後的共識：我們都是地球人，現在都在台灣的宜蘭相會了。

我們一行人當中有位女性放射學者，看到兒童在沙地裡玩耍使她變得歇斯底里。我們檢驗了母乳……我們看到一個女人在她住家外的長椅上哺乳，她就像車諾比的聖母，但她的母乳中卻含有鈀元素。

我忙進忙出，偶爾把學容和伊利亞單獨放在客廳，讓他們二人自顧自聊天。這兩位背包客不約而同，同一天到我家，兩人也都不介意。他們用英文聊天，溝通無礙，甚是愉快，我在廚房的水聲間歇中，聽見他們的笑聲。二人話題源源不絕，像是認識已久的朋友一樣。

笑聲開始有了劍拔弩張的緊繃。學容好像在質問伊利亞，為什麼和……分手了？你們到底是什麼關係？為什麼你忽然離開她卻又跟另一個……？

伊利亞也解釋，我們的確交往了一陣時間，可是認知有些不同……你和她又是什麼關係？有些事我很難跟第三個人說明，沒想到你們認識……

世界真小，兩個素未謀面的沙發客，在宜蘭某個素未謀面的沙發主家中見面，而兩個人卻又有另一個共同交集：她。

我請好奇心不要輕舉妄動，把時間和空間都撥給兩位沙發客。

世界之小也不只這樣而已。伊利亞來到我家的前三天，我正接待著奧地利的護士喬瑟夫。那時我已經收到伊利亞入住的請求，我也答應了；而離開宜蘭的喬瑟夫在花蓮和伊利亞相遇，並推薦伊利亞來宜蘭一定要住我家，就這樣，我和伊利亞之間也有另一個共同交集：他。

我曾經會寫詩。我五年級的時候喜歡上一個女孩。國一的時候我認識了死亡。我讀過伽西亞羅卡寫的一句話：「尖叫的黑暗根源。」我開始學習如何放風箏。我不喜歡這個遊戲，但我還能做什麼呢？

我不管伊利亞和誰交往過了，那些風流故事只是旅行中的吉光片羽，少了才可惜吧。

然而，直覺上，伊利亞是我欣賞的人，自由自在，幽默自信，擁有藝術天賦，樂於與人交流。他在白俄羅斯讀資訊科技，三年，可是他發現自己不喜歡，於是又跑到捷克讀藝術。在捷克讀大學的時候，取得台灣的獎學金，於是來台灣交換學生一年，自學中文。

「感覺」起來，伊利亞適應環境的能力很強，無時無刻彷彿都能笑著面對。他能講簡單中文，基本捷克語，流利英文、俄文、白俄羅斯語，語言切換的種類之多，易於他結交朋友。「我自己學中文，我喜歡中文。」伊利亞用中文說。

剛開始的那幾天……，我帶著女兒逃至明斯克，去找我的妹妹。我的親妹妹拒絕讓我進到她們家中，她自己也有一個待哺的嬰兒。你可以想像這種事嗎？我們後來在火車站過夜。

與伊利亞的初見面，他用英文介紹自己來自「Belarus」，我狐疑了半秒，還在搜尋對應的中文國家名是什麼，「白俄羅斯」，伊利亞馬上用中文補充。

我自詡很懂得如何跟陌生人聊天，一時之間，卻遍尋不著關於白俄羅斯任何蛛絲馬跡，舌頭石化，彈不出任何一個聲音。

「我在花蓮遇到喬瑟夫，他推薦我一定要來找你。」

「喬瑟夫是很好的人。」我說。

「他也說你是一個很棒的人。」

我渾沌無光的腦袋忽然閃出一點光，不假思索就問他了：「對了，白俄羅斯啊，我想起來了，以前我們國家有一個總統，他叫蔣經國，他曾經到蘇聯讀書，那時候還是共產時代，然後他娶了一個太太，她好像是白俄羅斯人，名字叫蔣方良。」我終於找到了一個，唯一一個，腦海中與白俄羅斯相關的訊息了。我把手機螢幕上蔣方良女士的照片擺在他的面前，伊利亞很淡定地點頭：「我知道她，在台灣我有聽說過她。」

找到了一座遠方的小橋，二人的連結好像近了些。

我對雨水感到害怕。這就是車諾比。我害怕雪，也害怕森林。……單是一九九三年的白俄羅斯就有二十萬件墮胎案例。因為車諾比，我們現在全都生活在恐懼之中，人的天性似乎被封閉了起來，在靜靜等待著。

伊利亞不喜歡資訊科技，可是喜歡語言。我覺得自己被二十來歲的他深深吸引，他有一種超越國家、種族、語言的「人味」，讓人想深刻認識他的為人，經歷他的過往，透過他的視野看待世界。

古希臘，亞歷山大大帝巡遊，巧遇哲學家第歐根尼躺在地上晒太陽。二人自我介紹，亞歷山大大帝問：「有什麼可以為你效勞的地方嗎？」

「有的，請你不要遮住我的陽光。」

伊利亞，年輕的流浪者，就讓我想起這位兩千多年前的哲學家，不與世浮沉，有自己追求的生命標的。困苦的旅行，也許就是他自在的陽光。

在反應爐二十公里外工作者可以拿到兩倍的薪水，十公里外可以拿到三倍，而在反應爐當地工作的人可以拿到六倍的錢。有一個人開始估算，半年後他就可以開新車回家……

伊利亞分享，抵達宜蘭前，人在花蓮，他自已在海邊搭帳篷。我曾接待過一個沙發客，就背著單人帳環遊澳洲，來到台灣後把帳篷送給我。所以在海邊搭帳篷，根本也沒什麼特別，我心想。

「我蓋了一間屬於自己的房子。」伊利亞帶有一絲驕傲，取出單眼相機，給我看他的房子。

我忍不住哇了一聲，那真是荒野漂流的那種房子。首先，根本沒有我想像的帳篷，因為他什麼都沒有。他在花蓮南濱公園的海灘，就地取材，找了一些漂流木，搭成一間像三隻小豬住的那種小房子。屋頂，披上海灘上找到的透明塑膠帆布，他的「房子」就這樣蓋好了。

「有下雨嗎？」我問，如果下雨，他肯定淋成落湯雞。

「剛好沒有。」他說，「很幸運，躺著還可以看到星星，聽著海浪的聲音睡覺。」

啞口無言，可我的眼神裡必定充滿敬佩、欣羨和渴望。

「我還在海邊撿到一個椰子和一個柚子。海邊什麼都有。」瞧他得意開心的上揚嘴角，令我更加羨慕與欣賞了。

他們會寫些什麼，或是從我們身上理解了什麼。……車諾比，就是我們僅有的世界了。首先，這場災難破壞了我們腳下的土地，帶給我們實質上的痛苦，但是現在我們領悟了，這就是我們僅有的世界，我們無處可去。

伊利亞一直嚮往著東方。早在來台灣讀書以前，他就曾到中國旅行兩次，「我從白俄羅斯出發，用攔便車的方式，一路旅行到北京。」伊利亞說得輕鬆寫意，好像從巴黎搭過夜火車到柏林一樣簡單。站在我面前這個二十一歲的年輕人，已經獨立完成兩次壯遊。一個二十歲不到的旅人，用一種克難卻自由的方式完成六千多公里的旅行，像個現代版馬可波羅，或者，比之馬可波羅可能更困苦艱難一些，畢竟他只是一個普通不過的白俄羅斯年輕人。

因為他年輕，勇敢，渴望，熱情，獨立，在人生還沒有具體方向以前，所有的方向都是可行的方向。

就我來看，我們都是這個國際實驗室裡的實驗品。一共有一千萬白俄羅斯人，以及我們兩百萬人住在這塊有毒的土地上。這裡是一個巨大的惡魔實驗室，你可以記錄數據，盡情實驗。

「一個人，不會無聊嗎？」

「有時候會，有時候我會畫畫。」伊利亞回答，他的回答自然真切，彷彿他早就懂得如何在不同時刻、情境下，如何自處。

「可以借我看你畫什麼嗎？」

伊利亞白皙的臉頰紅潤了起來，略為不好意思地取出隨身畫本，我接過手，翻開其中一頁，一個赤裸上身的男孩，臉部特寫，朝上，躺在沙灘上，有一隻巴掌大的螃蟹爬到他的臉頰。畫本上，男孩只有黑色線條，而螃蟹被塗成暗紫色。潦草的筆畫，俐落的線條，景深的透視，主題的構圖，呈現出一種巧妙的即興，即興中又可見他作畫的功力。

我想起他從資訊科技中休學，轉換到藝術的跑道。果然有繪畫的天分，那些有故事的線條全是在孤獨的星空下完成的。伊利亞，在作畫中，完整了孤獨的自己。

我要他等我一下，連跑帶跳地到三樓書房，取出自己旅行時作畫的本子與他分享，有些地方他去過，馬上就喊出地名。

他捧著我的畫，我捧著他的畫，那種初相見卻不似初相見的熟悉感，激動了平凡日子的自己。

「你是個畫家，我喜歡你的畫。你畫得很好。」我想稱讚他的不是技術呈現的東西，可是我一時間也沒講得很清楚。

「我畫不很好。」伊利亞用中文回答。

回家之後，我脫掉所有在那裡穿過的衣服，丟進垃圾滑運槽。我把帽子送給我的小兒子，因為他真的很想要，他無時無刻都戴著那頂帽子。兩年後，他們診斷出他長了腦瘤……剩下的你自己寫，我不想講了。

伊利亞，伊利亞，你把我想像中某一種理想的人生，活得具體可行可見的真實，不僅過去如此，現在也正在進行著。未來呢？他會不會被社會體制馴服，被社會框架定型，被與日俱增的包袱所壓累著呢？可當他隻身來到東方時，他應該就在每一刻現在驕傲地說，這就是我的未來。

他還繼續加碼，「有時候，一個人，有點寂寞的時候，我彈烏克麗麗給自己聽。你想聽嗎？」

我當然想。他大方地取出背包裡的烏克麗麗，那小吉他似的樂器看起來不只是樂器，也像他身上的配件。他隨興地彈了曲子，我無心於音樂，畫面全是關於他旅行的美好想像：北京的胡同、崑崙山脈連綿的雪線、烏茲別克的卡蘭建築群、花蓮的太平洋浪聲……

真是一個幸福的人，我在心裡這麼總結伊利亞。

女人擠牛奶，旁邊站著一個士兵，確保她擠完後把牛奶倒在地上；老婦人拿著一籃雞蛋，旁邊一名士兵陪著她走，看著她把蛋埋起來。

隔天一早，伊利亞想為我做點什麼，以回饋我提供免費住宿。於是他到廚房，用馬鈴薯和麵粉，親自烹煮馬鈴薯餅。十八般武藝，對於一個早歲就遠遊的人而言，只是一種生活的必須。他熟練地削皮、揉麵粉、切丁，「這是很普通的一種料理，在白俄羅斯很常見，每家每戶都會煮。」

他不小心碰到鍋緣，隨口用中文說：「鍋子很熱。」

「鍋子很燙。」我更正他，好學的他立馬問我燙跟熱怎麼區分。兩分鐘後，他就能說出「在廚房煮飯，鍋子很燙，我很熱。」

「你－很－厲－害，中－文－很－好。」我拉長音，一個字一個字地說。

「你是好老師，我中文不很好。」

一大盤的馬鈴薯煎餅已經盛在白色瓷盤上，馬鈴薯餅像中古時代的銅色大硬幣。

「你喜歡嗎？」

「我喜歡。謝謝你煮馬鈴薯餅給我吃。」

「不客氣，謝謝你，我住你家。」伊利亞用中文說。

黨部官員舉辦政治研討會，說我們一定要勝利，可是對手是誰？原子？物理？還是宇宙？勝利對我們來說不是事件，而是過程。人生是不停奮鬥和克服困難的過程。

我們在白俄羅斯式的早餐，聊著台灣和白俄羅斯。我請伊利亞多說一點白俄羅斯給我認識，談到政治時，他的語速變快，收起笑容，切換成另一個義憤填膺、不滿現狀的伊利亞。也許，就是這個不滿的伊利亞，驅使著另一個愛好正義與自由的伊利亞踏上陌生的旅程。

我認為有一天，我們會再見。我祝福伊利亞，接下來的旅行順心平安，好好享受在台灣的日子。我們給彼此一個擁抱，我相信他永遠不會單調，所有的美好都可以成為他畫筆下永恆的線條；我也相信他永遠不會寂寥，因為孤獨來敲門的時候，他能邀請孤獨坐下，彈烏克麗麗給自己聽。

半年後，從臉書上得知，伊利亞以尋牛為名，在台南開了個人畫展。兩年後，他在東京展開新生活，所有的生活紀錄，都是畫筆下的線條，而那個熱愛語言的伊利亞，公開的訊息竟能以全日文呈現了。他還是繼續作畫，只是我不知道，在異鄉生活的他，還彈不彈烏克麗麗。

你忘了，人們曾經認為核電廠是我們的未來。我時常這樣宣導著。我曾去過一個核電廠，那裡安靜，整潔又令人愉快。紅旗在角落飄揚，標語寫著：「社會主義競爭優勝」，這就是我們的未來。我是我們時代下的產物，我不是罪人。

伊利亞來到我家的這年，是二零一五年，我在同年購買了《車諾比的悲鳴》，後因兩個孩子接連出生，照顧新生命之餘，我不想沉浸在那些痛心的故事裡，於是一擱就是四年。讀完這本書，剛好也是八月，我摸著封面，想著那個來自白俄羅斯的大男孩。車諾比位於現今烏克蘭與白俄羅斯交界，他肯定知道這些故事的，或者，他就是成長於這些悲鳴之中的下一代。

我深深吐了一口氣，可是卻看見了伊利亞的燦爛笑容。他不怕，不論天涯海角，伊利亞總能彈烏克麗麗給自己聽。

注：本文中灰色區塊內文皆引用自《車諾比的悲鳴》（*Svetlana Alexievich*），富林文化，二零一一年。

20. 大衛，或安迪

反正一個叫大衛，一個叫安迪，都是菜市場名。我一時之間也記不得誰是大衛，誰是安迪，總之兩人都像中美洲的人，捲髮、腮鬍、棕色皮膚、雙眼皮、笑容、輪廓深邃。

可是我記得載他們來到我家的人，叫維塔，是個熱心的台灣女孩，桃園人，一見面就跟我說：「Ryan，很高興認識你，很早以前就聽過你的名字和故事了，因為很多你接待過的沙發客，來到桃園後我也接待了，所以一直很想認識你。」

眼前這個身材嬌小的女孩，開車從花蓮將安迪與大衛載到宜蘭。

「很抱歉我們遲到了。」大衛，或是安迪，其中一個人這麼說。可是他充滿熱帶風情的笑容讓人感受不到歉意，他說那句子的情緒比較像「芒果口味的冰淇淋與夏天真是絕配。」

他們遲到了超過一個半小時。我為他們煮的咖哩飯已經慢慢涼了。

「我們剛才經過一些步道，停下來走，可是迷路了，找了一個多小時才回到路，然後天愈來愈暗，還好我們找到路，所以遲到了。」維塔解釋的語氣像是道歉。

「你們有地圖，或者知道那些步道的路徑嗎？你去過那些地方嗎？」我問。我明白太魯閣國家公園很美，可是有潛在的風險。

「沒有。就是看到很漂亮所以臨時決定停下來。」大衛，或是安迪回答。直覺告訴我這三個人都十分熱情，而神經也都十分粗大。他們連步道多長、要走多久、沿途的路況是什麼都一無所知。「我們還跌倒了，還好活著走出來。」

安迪說，他在深圳住過一年，來台玩一個半月，準備再去中國旅行一年；大衛則是廚師，為了旅行辭掉工作。

「請問大廚，這份咖哩飯合格嗎？」我開玩笑地問。

「當然，我們都吃到撐了。」大衛回答。他們肯定都餓了，我看得出來。

「你確定嗎？」我沒有表情地說，如果不懂我的幽默的人，肯定以為我在生氣或質疑，可他們兩人瞬間都懂，「我覺得你們可能不喜歡，因為咖哩飯還有剩啊！」

「Ryan 你太熱情了，你煮了半鍋的飯啊。」

「我以為你們餓得可以吃下一頭牛。」

笑畢，大衛與安迪「努力」地吃飯。

「哦，對了，如果沒吃完要幫我做家事哦。」

「當然沒問題，Ryan，那我先去拖地囉。」安迪說完，作勢起身往廚房的方向走去。

大衛和安迪就像是我的好朋友，可以「練肖話」，說話完全沒有冷場。

「我想去哥倫比亞。」我說。

「很漂亮，歡迎你來。」大衛或安迪說。

「治安好嗎？自助旅行安全嗎？」我不禁聯想到槍、毒品、安地斯山脈，或者切格瓦拉，其實我也不確定切格瓦拉是否途經哥倫比亞。

「你看起來有點像哥倫比亞人，自助旅行當然沒問題，哥倫比亞很漂亮。不過還是要小心，有些小偷，治安當然沒有台灣好。」大衛或安迪表情認真的說，可是我不禁邊聽邊笑。

「講西班牙文嗎？」

「是的。」

「hablo un poco espanol」（我說一點西班牙文）我隨口說，那是我僅會的幾句西班牙文之一。幾年前在菲律賓生活一年，曾經讓一位大學教授家教而學習半年的西班牙文，那段日子令我十分懷念。

大衛和安迪本來眼睛就很大，現在眼睛睜得更大了，馬上把頻道切成西班牙語。我覺得可以對他們提出直接而任性的要求，因為他們隨和、熱情、樂於助人。

「我想學西班牙文。請大衛老師安迪老師教我。」於是我衝向書房，把塵封多年的西班牙文教材拿下。安迪翻了翻，問了幾個書裡的問題，我大概能聽懂八成，發音不甚標準地回答他。

「Ryan 你不需要課本，我們直接上課就可以。課本不實際。」

就這樣，我又重拾了快樂的西語時光。講西語像唱歌，韻律感、音樂性都和中英文不同，對我有種魔力。

走過太魯閣國家公園的古道，又迷了路的三個人，笑得有些倦容。我不妨礙他們休息，與他們道過晚安。

「安迪，記得把地掃乾淨，碗要洗；大衛，明天要準備早餐，要讓主人滿意。」我俏皮地對剛認識三小時的兩人說，他們完全處在幽默的頻率之中，「是的，主人晚安。」

我上了樓，客廳迴盪著笑聲，是來自哥倫比亞的開心果，而我分不清笑聲究竟是大衛的，或是安迪。

21 梅斯核電男

黃昏陣雨，打了一地濕涼。

我隨意煮了香菇湯麵，加了透抽和雞蛋，很老家的味道。來自法國梅斯的尼可拉斯（Nicolas）想幫忙，但不知道要幫什麼，於是在廚房和客廳踱步。他的神情，有一種年輕的羞澀，較於一些沙發客，二十四歲的他也不算太年輕了。我猜測那種羞澀，是來自家庭教育的價值陶冶和出生環境的薰染。

總之，他給我的感覺有一點「拙」，或是說，感覺很「真實誠懇」。

「要用筷子吃麵還是叉子？」我問。

「筷子，跟你們一樣就好。」他說。

吾妻眼睛瞪得大大地看我，我明白她的意思。「沒關係，尊重他的決定。讓他練習吧。」果不其然，他花了我們三倍的時間才吃完麵。那拿在手中的一雙筷子，一口只撈起一、兩根麵條。

「台灣就是這麼棒，食物真好吃。」他說。

「第一次來台灣嗎？」我問。

「嗯。我很開心做了這個決定，第一次到亞洲，我就選台灣。」

他的笑容顯得很驕傲。尼可拉斯不喜歡從眾。西方人到東方，第一站多為泰國或峇里島，陽光沙灘比基尼，加上東方的宗教元素恰好符合了他們的期待和異國感。

「去年我去哥倫比亞，也很喜歡那裡。」他笑著說，手上帶著的鍊子正是哥倫比亞國旗色的黃藍紅珠子串成的。

「那裡……安全嗎？」我疑惑地問。

「我媽媽一聽到我要去那裡，一直反對，總覺得好端端地在法國，為什麼要去那麼危險的地方。新聞常報導那裡綁架或毒梟問題，但有更多美好的事新聞不感興趣。那裡的人很熱情，風景也很美。」

我一邊聽，一邊想像自己有朝一日也要去南美旅行。

「台灣呢？」

「台灣太棒了，我很愛台灣。食物太不可思議地美味了，風景也好，文化也很豐富。」

「文化豐富？何以見得？」

「我去龍山寺，很棒，很漂亮。雖然有很多故事我不懂，但我很喜歡。聽說現在是鬼月，你們還有特別的活動來慶祝。」

我跟尼可拉斯解釋一下鬼月普渡的習俗。他發大眼睛，「是吧！我就跟你說台灣的文化很豐富，你們有很多迷人的傳統。你們也尊敬看不見的世界。這就是我覺得台灣不可思議的地方，科技很發達，卻又保留很多傳統文化。」也許外國的眼睛看到的台灣和台灣的眼睛看到的台灣不全然相同，我總感覺流失的文化比保留的文化更多。一下子不知怎麼解釋，於是又把話題帶開了。

待他把碗筷濯淨，我們到礁溪泡溫泉。平日的露天溫泉，原石熱湯、清風星光，尼可拉斯直呼：「這地方太完美了。我愛宜蘭。」

也許是人放鬆下來，他開始款款道來家族故事。他的爺爺出生在世界二次大戰前，九歲時，家鄉梅斯被德國納粹佔領，那時，所有的男人到了一定年紀就會被德軍徵兵。一日，其父母在農地幹活，九歲的他和兩個哥哥在家，忽然一陣敲門聲，嚇得兩個必須要被徵兵的哥哥趕緊藏到閣樓。

「家裡還有其他人嗎？」納粹荷槍實彈地問九歲的孩子。

「沒有了，只剩我。」九歲的孩子勇敢地回答。

閣樓忽然傳來聲響，納粹轉身要抓人。兩個哥哥順利逃跑，這下納粹的槍桿全都抵在九歲的他的頭上，「他們到底是誰？說！」他嚇得眼淚鼻涕直流，心裡卻萬分堅忍，打死也不招出他們是誰。

「我的爺爺他很勇敢，那時他才九歲而已，他卻抵死不講。」尼可拉斯補充，那眼神像在說爺爺真是我的英雄。

後來，爺爺的父母從田裡回來，都被納粹逮捕入獄，熬過兩年沒有自由和尊嚴的時光。他們都以為兩個哥哥死了。幾年後，又是一陣敲門聲，兩個哥哥逃難回來了，二戰已經結束了。「爺爺每次講這個故事的時候，都會一直哭。他現在九十三歲了，想到還是會哭出來。我很想知道更多二戰的故事，但捨不得問爺爺。」

法國版的石壕吏[1]。

「爺爺一輩子都在梅斯。守著家園，守著這些故事。」

尼可拉斯來自法國梅斯（Metz），那是一座位於法國、盧森堡和德國三國交界的城市。我們兩個人對盧森堡有一點共通的認識，「發達的銀行業吸收了來自全球各地的熱錢。不管來源道德或合法與否。」至於德國，他比我有更複雜的情感。「我討厭納粹，但我並不會不喜歡德國。」對於歷史與現實，他有清晰的認識與判斷。

他在梅斯附近的核電廠工作，卻對文史感到興趣，每年趁七週的休假，遊歷世界。泡完溫泉，踏著石階準備回家。蛙聲像重奏地鳴叫，蝸牛在階上爬行。「我們吃這個，也吃那個。」他指了一下蝸牛，又模仿了青蛙的聲音。

「很剛好，這兩種動物，台灣人也吃。」

風吹來，感覺很近。很近。

1 石壕吏，為唐代詩人杜甫《三吏三別》中名作，通過作者親眼所見石壕吏乘夜捉人的故事，反映安史之亂對廣大人民帶來的災難。原詩如下：

暮投石壕村，有吏夜捉人。老翁逾牆走，老婦出門看。
吏呼一何怒，婦啼一何苦。聽婦前致詞，三男鄴城戍。
一男附書至，二男新戰死。存者且偷生，死者長已矣。
室中更無人，惟有乳下孫。有孫母未去，出入無完裙。
老嫗力雖衰，請從吏夜歸。急應河陽役，猶得備晨炊。
夜久語聲絕，如聞泣幽咽。天明登前途，獨與老翁別。

22・半年人生

有一種生活模式，天暖花開的半年，工作，賺錢，與人交接，肩負現實世界的責任；天寒地凍的半年，旅行，花錢，獨處沉思，儲備精神的糧食。半年精神，半年物質；半年集體，半年個人；半年固定，半年移動；半年奉獻自己給世界，半年在世界實現自己。

這種可以切換的生活模式，聽起來令人神往。而此刻站在我面前的，就是這種「半年人生」的實踐者。

「沙士卡（Sascha），來自德國柏林。」

來到我家是晚上九點，他還沒吃晚餐。我為他簡單下麵，他則站在冰箱旁和我聊天。

「我在柏林的湖邊餐廳工作。」他說。

我轉身面對他，作了一個表情動作，意思是「來，那鍋子交給你了」，他立馬意會，哈哈大笑。

他看起來毫無貴氣，也沒有一點知識味，要說是流浪旅者嗎，也沒那種特質，總的來說，就是很平凡的一個人。像一覽無遺的沙洲或荒野，沒有什麼吸引我好奇的任何一片風景。聊天，很難推進，因為他的英文能力實在有限，而我的德文僅只於謝謝和我愛你。

「我高中畢業就沒有讀書了，我的英文不太好。」他察覺到什麼般，像在跟我告解。

「我工作半年，旅行半年。從春天到夏天，我在柏林的湖邊一間餐廳工作，夏天是旺季，生意很好，於是我工作很忙，可以賺錢。我把錢存下來。過了八月，下半年餐廳休息，我就離開柏林，到世界各地旅行。」

這段英文聽力，我聽得耳朵快抽筋；可是他的生活模式，卻又聽得我心馳神往。

他有兩個世界，一個賺錢，一個花錢；他有兩個季節，一個工作的夏天，一個旅行的冬天；他有兩個狀態，一個忙碌，一個悠閒；他有兩個半年，一個在柏林，一個在世界的某個角落。

我想像柏林湖邊餐廳，某一個不起眼的男服務生，忙著端盤子、洗刀叉和點餐，穿梭在客桌與廚房之間，腰後的毛巾不時要在休息的時候拿出來擦汗；我同時又在他的臉書，看見他在葡萄牙海外的小島豐沙爾潛水，在蒙古草原的針葉林邊散步，在多明尼加的某座大瀑布下比讚，在荷屬聖馬丁的小飛機上鳥瞰這個世界。

秋意來的時候，就是沙士卡打包行李的時候，他的半年人生，準備啟程。我們沒有太多對話，兩人的交流就像枯水期源頭斷水了。但我感激之泉卻湧出了一些意念，沙士卡的出現具體顯化了某種令我神往的生活模式，他輕鬆自在的樣子，正證明著「半年人生，可玩可行！」

23・一棵西伯利亞的樹

長在西伯利亞
我是一棵多情的南方的樹

「為什麼你要住這麼大的房子（透天）？」
「因為這樣的房子有地，有天。」

伊布吉尼（Evgeny）的外表看起來和我想像的俄羅斯一樣寒冷。他幾乎不問問題，就是微笑，可是那笑雖然不是距離，卻有冷的溫度。他的雷鬼頭一綹一綹，人沒有嬉皮的浪蕩不羈感。

「吃素，因為不想傷害動物。」
「我曾到印度學瑜伽。」
「是的，我不全是俄羅斯人，我的媽媽是義大利人，她已經改嫁。我的爸爸也再娶了。」

「錢嘛，不是大問題。我一邊旅行，一邊工作，網頁設計。」

伊布吉尼無所不答，只是答得精簡。我覺得他像風景，像一棵樹，可以欣賞；毋須對話。

他想要在我家住三天，我答應了。

他希望可以都在家裡，不出門，我也答應了。看起來很是可以信任的人，於是家裡只有我一人的情況下，上班後我給了他鑰匙。可他幾乎都沒有出門，就一直窩在頂樓，我偶爾上去探望他，他就坐在有背靠的木椅上，筆電平置大腿，認真地工作。伊布吉尼旅行世界一大部分的時間，就是窩在陌生人的家裡工作，遙看異鄉的天空、星星和月光。

一天，他比我晚回家，手上拎著一包水果，鳳梨、木瓜、梨子、兩根香蕉。「我明天的食物。」他不只是素食主義者，還是節制主義者，用很少的物質、慾望，過很簡單的生活。

洗澡後，我下樓，沙發上並肩坐著我媽和伊布吉尼。他們兩人竟然在聊天，而且我在樓梯間時，就聽到彼此的笑聲。

「你聽有伊底講啥嗎？」我用台語問媽。

我媽舉起手機，一副「你遜斃了，我有手機，我會交朋友好嗎！」的神情。

我趕緊拿起手機，為並肩的台俄雙人組合影，媽媽偎著他的肩，像小鳥依人的女朋友。

住了幾天，離開後，我拾起給沙發客寫的留言本，想起他問我的那個問題，為什麼你要住那麼大的房子。住在員山某個陌生人的透天厝頂樓，幾天後的他有感而發地寫著：「你的家讓我感到和諧，每天早上都不想起床。現在，我已經明白你所謂的有天有地的房子是什麼感覺了。每夜，都能迅速補充能量；白日，又是全新的一天。只有全然的流浪者可以體會，他的世界正是一望無際的土地，遼闊無邊的天空，和他腳下所踩之處。」

我是一棵多情的南方的樹
長在西伯利亞
幾千里的白毯雪藏
水的前生
及渴望陽光和天空的小種子

24・他們的第一次

接待沙發客不盡然都能撞擊出火花。雖然這個平凡之夜沒能聊得風風火火，可我仍驚訝地奪走他們的第一次……

盧卡（Luca）和馬丁（Martin），兩個來自斯洛伐克的旅人。

兩個人的英文都不怎麼流暢，詞彙有限，表達侷促，讓我們對話雪上加霜的是，馬丁每說起英文，就明顯口吃，語速之慢，使我感到侷促不安，不知道當他重複一個詞三、四次時，我的眼神要專注在哪裡。

拼拼湊湊的結果，斯洛伐克的經濟不好，馬丁的爸爸是位教師，教書二十多年，一個月薪水不到一萬台幣……他們既無法深入介紹自己，也沒能對我提問（也許心有餘而力不足）。我用手機查了一下斯洛伐克，第一張顯示的照片是街燈亮起的古城，依著一條河流，有道橋跨河而過，像是教堂或市政廳的尖塔守護在橋延伸的同一條路上；小丘上，有座城堡，白牆紅瓦。我直覺這座城市是世界文化遺產，可我所知甚少；我直覺旅行對他們而言，食衣住行都是夢想兌現的奢華。

「你家附近長什麼樣子？」我好奇。

馬丁立刻取出手機，滑了幾張照片給我看。他說其中一張是老家，背景是起伏的山丘草地，放眼望去只有一幢木屋，斜屋頂讓我想到雪。屋外有些矮木欄，有牛或羊。

我馬上能夠明白眼前這兩個人的背景了，他們來自這樣樸質無華的地方，他們帶著一種中世紀的古意，謙虛，或者初見了世面而對自己出身感到自卑的低微。

「謝謝你願意接待我們。這個小禮物送給你。」我收到他們特別準備的小禮物，是斯洛伐克的冰箱磁鐵。我很喜歡，馬上貼在冰箱上。他們望著冰箱驚嘆，箱面的眾多磁鐵是我的旅行足跡：上海、東京、馬尼拉、威尼斯、吳哥窟……今天，多了斯洛伐克。

馬丁和盧卡都還沒吃過晚餐，正好可以跟我的家人一道用餐。

媽媽炒了芋梗和芋頭，又煮了螃蟹炒蛋，都是我的最愛。馬丁和盧卡望著桌上的菜，一動也不動。「吃，快吃，不用客氣。」媽媽招呼著他們。

「這是什麼？」盧卡看著芋頭問。

「芋頭。」我答。

「我不知道這是什麼。」他答。

我拿出手機，查給他們看，兩人好像還是不懂那是什麼。各試了一口，看不太出表情是喜歡還是不喜歡。

「這又是什麼？」盧卡又問。螃蟹炒蛋的香氣襲來，我一個人就可以把整盤吃完。

「螃蟹。」

「要怎麼吃？」兩個人同時都凝視著我，像聽佈道的教徒一樣虔誠。

「你沒吃過螃蟹嗎？」這下子換我和家人同時凝視著他們，像觀光客見到中古世紀修道院裡的騎士聖杯。

「沒有，這是我們這一輩子第一次吃螃蟹。」

哇嗚，兩個二十五歲的大男孩，從來沒吃過螃蟹，他們的「第一次」就在我家。我示範剝螃蟹，可是對他們來說簡直是一大挑戰。我感覺他們都想舉白旗。

他們的家，在斯洛伐克鄉下的草原上；老遠地來到台灣，把舌尖上的螃蟹味，獻給我家了。

25・班傑明的奇幻旅程

班傑明（Benjamin）一進我家，介紹自己的名字後，我就對他開了一個玩笑：「班傑明，你有一個奇幻的旅程。」他疑惑著，我又補充幾句關於某部電影的種種，他立刻領悟過來我的幽默，二人一下子就熟了起來。

「旅行多久了？」我問。

「才到台灣三、四天而已，都在台北。」他答。

「喜歡嗎？」

「喜歡。」

「喜歡什麼？」我好像在面試他一樣。

「風景很漂亮啊，龍山寺、中正紀念堂……」他回答得很自然。

「但你想離開台北。」這是他在發送住宿請求的文字中提及的，他還介紹了自己的旅程，花一個月來亞洲，兩週台灣，兩週菲律賓，旅行將結束在宿霧南方的一個小島。也是那段關於宿霧南方的文字，讓我直覺地按下入住確認鍵。

「嗯。因為很吵，空氣不好。」

「嗯。就是一座城市。」便利，繁華，擁擠，就是一座城市，我說得很無感。

讓他稍作休息。梳洗完，一派輕鬆，我們一起吃宵夜。

「宜蘭附近有什麼道地或特別的？」來自巴黎的班傑明問。

這種問題，可以有一種回答的套數，例如去冬山河、外澳海邊、五峰旗瀑布、羅東夜市……但我實在厭倦這個問題，因為各國的人有興趣的事物大異其趣，況且每個人定義特別或有趣的差異也太大，我不想敷衍，又覺得難以回答。

「你想看什麼呢？」我反問。

「看宜蘭道地的東西。」他回答。我真的不曉得什麼是道地的東西，而那些道地的東西又如何構成他理想的旅遊。

「宜蘭是一座小城市，北邊有海邊，如果你想衝浪可以考慮；南部有原住民的山區。我家附近基本上都是田，稻田，沒有什麼特別的了。」我想到如果隨便抓住一個巴黎人問，嘿，巴黎有什麼值得去的地方嗎？他可能脫口而出就是一個鐵塔、三個美術館、五間精品百貨或十座此生必去的咖啡館之類的，其中一座還可能就在塞納河畔，喝著喝著還會遇到海明威和雨果呢。但是，宜蘭，一個巴黎人，一個只短暫停留一、兩天的巴黎人眼中想像的宜蘭，我真的不知道要介紹什麼。

「稻田？」班傑明的眼睛瞪大，一種鄉巴佬的反應。

「是啊，我家附近很多稻田。」

「太棒了！這就是我想要看到的。我可以插秧嗎？我來東方就是想看東方的東西。」我有一種當頭棒喝的感覺。

東方的東西。

「二、三月，現在正是插秧的季節。你可以騎著我的腳踏車，去附近繞繞，看到農人在插秧，比手畫腳讓他知道你也想要插秧。」

「太好了！」像看到終點線的馬拉松選手一樣，他有了明白的目標。

交代了隔天出門的時間，我們約定八點半在一樓見面，一起吃早餐。

等到八點三十五分他還沒出現。因九點還要訓練學生排球，索性出門，不等了。

晚上，他騎著腳踏車回家，分享了他的一天。開心表示，他真的親眼看到有農夫在下田，「你家附近的風景好美，是我嚮往的東方世界。」也許是習焉不察，也許是外國的月亮比較圓，「台灣人一講到巴黎就等於想到浪漫，沒想到一個巴黎人竟然覺得宜蘭的水田那麼美。」

「我還遇到一個很好的人，他是賣鳳梨的老闆，我們聊天聊得很開心。」

「在哪裡？」

「就在你們家外面那條馬路旁，不遠。」

「他用什麼語言跟你聊？」

「英文，還有手勢，手機。」溝通只需要熱情。

「你吃了鳳梨？」

「是啊，我買了一個，這是我吃過最好吃的鳳梨。在歐洲，鳳梨都不好吃，沒想到原來鳳梨可以那麼美味，明天我還要去買。」

「明天你想去哪裡？」我問。大部分的沙發客只在宜蘭待一天，但他希望最少可以住兩天。

「你有推薦嗎？」

「沒有。」我笑著說，覺得他自己可以找到一條路。一條沒有人旅行過的路。「對了，結束宜蘭之後你去哪裡？」

「台北。」

「你不去花蓮？太魯閣？」我好奇他怎麼不去太魯閣，太魯閣之於台灣，類似艾菲爾鐵塔之於巴黎。

「不，我不去旅遊書上有介紹的地方。」他很有自信的說。

「OK!」也許有為反對而反對的意味，也許，他真能看到不一樣的風景。

「今天早上我下樓，沒看到你。」他的思緒接回今天早上。

「我等你等到八點三十五分，沒看到人，所以先出門了。」我回答。既然來到我家，雖待之以客，但基本的原則和想法還是讓他明白。我不喜歡人遲到。

「真的很抱歉，我遲到了。那明天早上還有機會可以跟你吃早餐嗎？」他用一種虔誠的態度道歉和詢問，聽得我尷尬了一下。

「當然可以，一樣八點半。」

「你會不會生氣我遲到？」他步上樓梯，又轉頭回來問我。

「哈哈，晚安啦！明天見。」

「我是真的在乎你這個朋友。」我們才認識兩天，他竟然能夠這麼自然地使用「friend」（朋友）這個詞語。他珍惜一個結交東方朋友的機會。

第三天早上，我們在士官長早餐店，他點了一碗豆漿、一碗米漿，看我點了起司蛋餅，也跟老闆要了一份。裝豆漿和米漿的瓷碗，每一個都長得不一樣，白底藍紋，看得他頻頻稱讚。「台灣有很深厚的文化！」他說。

巧遇鄰居，留法的賴教授與班傑明，二人用法語相談甚歡。

早餐後，班傑明堅持要付錢，我恭敬從命。我騎著摩托車往宜蘭市方向，他選擇繼續往員山郊區去探險。

晚上，我問他去了哪裡，「都在你家附近，我太喜歡這裡了。我還去買了鳳梨，只要我在宜蘭，我每天都要去跟他買鳳梨，這裡的人都很好。」看得出來他真的很享受於這樣平凡的日常生活。當一、兩天的鄉下人。

「法國人不一樣嗎？」

「不，我們很冷漠。法國社會不像台灣，你們對於不認識的人還是信任的，也願意提供協助。法國人不相信別人。」班傑明這兩天的自「騎」行，也許獲得的正是那久違的人情信任和溫暖。

「明天我離開宜蘭之前，我還要去買鳳梨。」入睡前，班傑明這麼說。我從來沒有遇到過那麼愛吃鳳梨的人。或者，他愛的並不只是鳳梨而已。

最後一天，我幫他叫了計程車，讓他可以搭去轉運站，而我騎車去上班。不久，他來訊「如果你有空，麻煩你幫我跟鳳梨店的老闆說抱歉，我答應他要再去找他，但今天我直接回來台北了。」

當天下午，我就找到那個老闆。他開心地拿出手機，秀出他和班傑明的合照。鳳梨攤，班傑明最難忘的宜蘭風景。

26 • 我們應該聊一聊

手機又收到背包客要入住的請求。我看了一下，就按了「Decline」，平常日，又恰巧遇到我要訓練排球隊的時間。僅回覆了：你好（Hola），不好意思我沒有空，祝福你在台灣玩得愉快。

手機馬上收到背包客的回訊：哇，你會說西班牙語啊！真開心。沒關係，如果你沒空不用介意。

我又回應：只是打招呼的話會講，我學過一點點。如果我可以用 Catalan 回覆你，是更棒的事了！

手機震動：哇，你懂不少西班牙的歷史文化啊，是我在台灣遇到第一個知道 Catalan 和西班牙語不同的人。我們應該聊一聊，你真的沒空嗎？

第一時間拒絕人的狠勁消失了。我第一次沙發衝浪的經驗就是在西班牙的馬約卡島，那時住了兩天，心情既感恩又輕鬆，還在心裡暗暗承諾，如果以後有西班牙人要來我家，一定要招待。

「我有空，只是晚上十點後才可以接你，很抱歉，怕你太晚。」

「太棒了，不會太晚，我們一定可以聊得很開心。」

晚上十點，練完排球，開車到轉運站接她，看來她已經到了一會兒了。她叫伊莉沙白（Elizabeth），來自巴塞隆納，操著受母語影響很濃的英文，聽了很久，我才知道她口中的Sauce就是South。偶爾，她卡在一個英文的詞彙很久，我就請她用西班牙語解釋，她總有如釋重負的感覺。「我的英文很不好，台灣人的英文很好。」說完，她笑得開朗，就像地中海反射的陽光一樣耀眼。

我們相處的時間不多，明早她又要前往花蓮。到了員山，我直接和她聊起加泰隆尼亞獨立的問題，以及她的看法。

「我不太關心政治，獨立或沒有獨立都好。但是對於加泰隆尼亞的人而言，他們努力工作，貢獻全國五分之一的稅金，政府卻沒有把同比例的錢用在加泰隆尼亞的人身上；相反的，一些不努力工作的人正在用我們繳交的稅金。我們的語言和歷史和 Csatilian 不一樣，所以很多人想要獨立。」伊莉沙白平靜的說，沒有感受到一點激動或熱情。

我想到幾年前去巴塞隆納時，街街可見從陽台垂下的加泰隆尼亞州旗，一種這裡早已獨立於西班牙的光榮氣氛。

「關於獨立，其實是假議題。對於西班牙政府來說，用獨立的議題掩飾貪汙嚴重的現象才是真的。」她講到「Corruption」（貪汙）時，臉上的笑容才消失成關心國家的義憤填膺。可是氣憤一下子又消失了，她樂觀的牙齒隨即又露了出來。

「貪汙舉世皆然。」我說。

就這樣聊到了晚上十一點，我真覺得自己實在太無趣了，竟然跟一個遠從西班牙來的漂亮女孩在半夜聊國家政治。

「那你的旅程呢？」

「我花了兩個半月在日本旅行，下個星期，準備參加一個在歐洲一起讀書的日本好朋友的婚禮。」

「那你現在為什麼在台灣？」

「因為她正在籌備婚禮，我感覺她不喜歡我住在她家。」

「你是不是感覺到在西班牙時的她和回到日本後的她變成不一樣的人？」

「對！」伊莉沙白今晚就回答這個問題最激動，眼睛和聲音同時大了一倍。日本人在國外感受自由的氣氛，比較勇敢表現自己，展露情緒；回到原來的文化軌道裡，人，又變成隱藏自己，中規中矩。

「我在東京時住她家，是她要我住的。我問真的不會打擾嗎？她說不會。但是我卻感覺到她愈來愈不開心，而我搞不懂她到底在想什麼，為什麼不直接說就好！不希望我住，我可以住飯店啊！所以我就跟她說我想到台灣旅行啊！反正我也受夠東京這個大城市了。」

真誠坦率，我喜歡。

「二零一七年加泰隆尼亞就要獨立了，哇，那可能是明年耶，我看新聞這麼說的。」我說。

「誰知道。我不管，如果世界沒有國界，該有多好。反正我賺錢三個月半年的，就會出去旅行。」

微笑道晚安。因為伊莉沙白一句「我們應該聊一聊」，一個平凡的春天夜晚，於是有了巴塞隆納的玫瑰窗般的陽光。

27．員山機堡見

他傳了長長的一封自我介紹的訊息。我抓住兩個訊息：搭便車旅行一年、攝影師。便回訊：你可以住我家。八點三十分，員山機堡見。

我相信直覺。

他從機堡的至高點跑了下來，見了他，連他叫什麼名字都不知道。我們握手，「Hello, Ryan」，「Hello, Ryu」，他從基隆搭便車到礁溪，轉火車到宜蘭，然後搭宜蘭小巴士七七一線到員山。

「為什麼搭巴士都沒有人付錢？」他問。

「那你付了嗎？」

「沒有。」

「因為我們的政府在推廣。目前還免費。」

一來到宜蘭，就熟諳這交通工具，敏銳的生存嗅覺。

我想到他在給我的訊息裡提及的另外一件事：不用擔心我，我是專門的旅行者。然後，在東門夜市覓食時，理性就擊垮直覺，他不是我欣賞的那種旅者。也許是旅行得不夠刻苦，他「髀肉橫生」，一副吃得很好的樣子；也許是旅行得多了，好多事他都不那麼地感到趣味（但也許我也接待多了，不那麼投緣的人也不想多解釋太多）；還有，他用一種老練而世故的口氣，談他自己和旅行，噢，怎麼沒有愈看愈多愈渺小的起碼的認識呢？

我們站在一間韓式小攤販前，我跟他解釋菜單。他指了年糕，說這是韓國的食物，又指了炸魚板和玉米餅，說：「這不是韓國食物。」

從他黑色粗框眼鏡穿透過去的，是小小的超有自信的單眼皮眼睛。

我決定把食物買回家吃。

怎麼聊都覺得聊不開，我問：「花了多少時間旅行？去了哪些地方？」

「很多國家，大概四十五個。有時候三個月，有時候一年，不一定。」

「嗯。」我握著方向盤，看向前方。

吃完晚餐，嘴巴最後一道味道是芒果青，酸酸甜甜，他一口接一口，很是喜歡。

「可以看看你的攝影作品嗎？」

他把手機遞給我。總共九十九張照片。不少照片都拍得極好，也許那些旅行過程中獲得的稱讚，也是他自信的來源之一吧。

「（一座島，島上有許多屋和塔，海很藍……）這在黑山……（黑白，兩個小男孩，和一條狗）……這在羅馬尼亞，他們是吉普賽人。一般吉普賽人不喜歡拍照，這兩個男孩主動要求，我才拍的。……（黑白，倫敦泰晤士河畔，大笨鐘和西敏宮及倒影，結構剛好三等分，中間那份的西敏宮是暗的）……剛好暗了的建築，配上大笨鐘。……（回教圓塔，一個還未開張的戶外餐廳，椅子都是倒立地靠在桌緣，光是藍色的）……這在土耳其東部，庫德族人生活的地方，我很喜歡。……（黑白，彎彎曲曲向前延伸的鄉間小路，一台腳踏車向前騎去）……（天空很藍，一個人坐在巨岩邊緣，腳下就是懸崖）……這張在……，這張照片是得獎照片，韓國國內的旅遊攝影展。」

對於構圖和顏色、光源的掌握，的確很精緻。我覺得他過多的自信很不容易親近人，然而他照片中經常出現擁抱、親吻、行走或橫躺的路人，又讓我覺得他是一個渴望親近人的旅人。

「你喜歡復古的照片，黑白色系。而那些你喜歡的照片，感覺起來都比較平靜。」也許他一語中的我從未發現的自己的傾好，我同意地點點頭。

照片的最後一張，是一本書的封面。「我在韓國出版的書，歐洲旅行的故事。印了兩千本，一本約四佰台幣。但賣一本我只拿一成。寫書無法賺錢，我基本上是靠著澳洲打工和股票賺的錢來旅行的。」基本上不是用沙發衝浪解決住宿問題，就是自己搭帳蓬；而交通，一概搭便車。也許，旅費就是餐費而已吧。

攝影讓我們的話題變得自然而關係變得親切，於是他又開了美女的話題，問我台灣人覺得最美的典型藝人是誰。我想了一下，給他看林志玲的照片，他說這和韓國的審美真的有些不一樣。我又給他看宋慧喬的照片，「哈哈，她太老了，而且也不是我們心中最美的代表。」

「是金泰熙！或者是Twice的周子瑜也很漂亮。」我一邊看著他手機搜尋的照片，他一邊解釋。

「韓國人知道周子瑜是台灣人嗎？」

「知道啊，大部分韓國人都知道台灣和中國不一樣。周子瑜的事件還影響了台灣的總統大選，這我們也知道。」

「是的。大部分的台灣人也知道北韓和南韓的不一樣。」

「北韓是個笑話。」我們兩個都笑了。

隔早，我把腳踏車借給他，讓他可以自己四處閒逛。他說：「不了，我搭七七一就可以了。」我忍不住笑了出來，七七一我一次也沒有搭過，他來宜蘭的第二天，就一副跟七七一很熟的樣子，果然是「專業旅者」。

「我要去星巴克寫文章了。」他說。

「我去上班了。」我說。

「晚上見。你家見，還是員山機堡見？」他說。

「哈哈，如果你找得到我家的路，那就我家見。」我笑著說。

「當然沒問題。」又是一副超有自信的樣子。

員山機堡見。

28・學中文是為了去中國

金坻載自己騎了腳踏車來，依著我給的地址抵達員山時，已經七點，屋外天色已暗，感覺起來他有些疲累。星期五下班的我，人同樣也是有些疲累。

「你從哪裡來的？」我們互相介紹完，我輕聲問。

「我從花蓮來的。」他用中文回答。

「哇，你騎蘇花公路啊！很危險啊！」

「對，很可怕。大的車子很多。」

「Truck，卡車很多。」

「一邊是山，一邊是海。」

「很可怕，可是很好看。」他回答，臉上一會兒出現回憶經歷了可怕路線的神情，一會兒又出現回憶壯麗山海的驚嘆。

我把他引進家裡，他除了一個中型背包，腳踏車還有兩個掛包。他的小腿有多處刮傷，手也晒黑了。人，卻像從山丘田野走來的一樣，讓人感到質樸親切。

「你中文怎麼這麼好？」

「不好，我來台灣學。」他謙虛地笑了一下，韓國人很懂得謙語、敬語系統。

「學多久了，在哪裡學？」

「去年九月開始學，在文化大學。」

算了一下，不過是七、八個月的時間，他已經可以和人對話，不簡單。

我讓他去四樓盥洗，告訴他如果想休息就待在四樓，如果想聊天就下樓，自在就好。他樓梯走得慢，一邊走一邊欣賞掛在牆上的畫和拼圖。

「先生的家好漂亮。」他用一種虔誠又謙虛的話語真誠地說。

「謝謝你。」我驚訝於他對我稱呼先生，這種有尊卑的敬語用法，已經很少在現代中文出現了。忽然有種錯覺，誤以為自己是大宅門裡的私塾老師。

一會兒，金珉載洗完澡，從四樓走了下來。正好趕上我們家人的電影聚會，這天看的片子是《橘子成熟時》，背景是一九九二年喬治亞境內阿布哈茲內戰爭取獨立的歷史。片子以兩個不願離開戰區的老工匠和老橘農的角度，側寫戰爭的矛盾與種族衝突的荒謬。

「你看得懂嗎？」我偶爾查維基百科，補充毫無知悉的地理位置及政治背景，偶爾問問他是否明白電影在演什麼。

「看不懂。」他傻笑著，但從頭到尾都認真地看著電視。又補充道「我喜歡看電影。」我心想，那就好，他自己慢慢拼湊吧，這世界本來就充斥著很多看不懂的事物。

電影結束後，他認真又感興趣地聽著我們討論劇情，一句話也沒插進來。慢慢離開了喬治亞和阿布哈茲，我也想多了解他一些。

「為什麼想學中文？」

「學中文是為了去中國。」

「蛤？學中文是為了去中國？那為什麼不去中國學中文？」我的好奇心被點燃。

「我是耶穌會的（傳教士）。我想把中文學好，然後去中國傳教。中國現在不可以公開傳教，所以我不可以現在去，中文還不夠好。先來台灣把中文學好，然後再去中國（偷偷）傳教。」他停頓的地方，絲毫沒有影響我的理解。原來他學中文，有一個如此神聖的願望。南韓目前的新教和天主教徒超過一千萬人，也是僅次於美國，第二大傳教士派出國。看來金珉載不是一般的沙發客，難怪渾身上下都沒有流浪旅者的氣味。

「哇哦！」我點點頭，一時之間滿敬佩他的。

「那你來台灣還習慣嗎？和韓國有什麼不一樣？」

「我喜歡台灣，韓國人冰冰的。」他講冰冰的時候，把手放在心臟的地方。他指的是冷漠，但「冰冰的」卻更生動地道出經濟起飛後韓國社會的疏離感。人們渴望富裕，然後富裕之後的人們，心裡卻又開始空虛。

第二天一早，我給他一根香蕉和一個桃子，讓他在路上吃，他準備騎著腳踏車沿濱海公路返回台北，完成他十一天的環島之旅。夜裡，他傳來訊息，「謝謝你，多得你平安回家了。」

我在心裡祝福他，未來的哪一年，順利平安地在中國傳教，那時他的中文肯定更流利了。

心，也一直保持熱熱的。

29．我不是艾力克斯

「艾力克斯在哪裡？」

我放慢每一個字的發音，加上誇張的表情和手勢，等待他的回答。在教了半個小時的中文後，他已經可以準確地回答我「你是哪裡人？」、「你好嗎？」、「這是什麼？」所謂的準確，是因為他可以明白地區分出一二三四聲的差別。語感和聽力之好，令人驚訝。

想來，他已經自學了一段時間了，桌上的三本網路上自印下來的《教你學中文》的講義，有他筆畫的痕跡。因此，這半個小時學得那麼神速，也不是沒有原因。

「有沒有問題？」我問。

「沒有問題。」他用中文說。

也許是因為這種誠懇與認真的態度，讓我自然而然地邀請他來到我工作的地方。不然，只提出一天住宿要求的他，應該已經路過宜蘭，人在花蓮了。

艾力克斯是加拿大人，爸爸是德國人，媽媽是義大利人。不知道他會不會有被冒犯的感受，剛和他見面時，我就問了他的國籍，他看起來不怎麼像加拿大人。父母離婚，和媽媽這邊的親人一起住。外婆在媽媽九歲的時候，從義大利移民到加拿大，因為二戰後經濟蕭條，她想要一個全新的人生。艾力克斯是義大利第三代。

「你覺得你是什麼人？」我好奇。

「加拿大人，當然。」他回答。

艾力克斯總是溫溫地笑著，像壁爐燒了很久的柴火。講話時，目不轉睛地看著你，溫柔而堅定；回話的時候，聲音小小的，不張揚，不喧譁，一種安安分分的優雅。二十四歲，髮線無情地往上爬，超出這個年紀該有的高度。而他的沉穩內斂，似乎也不對應著這個應該還很喜歡狂歡派對的年紀。

「我不喜歡吵鬧，不喜歡派對。來你家，很舒服。」他用清清楚楚的英文說。我家門外的田正好種著爬了藤的豆子和青菜，雪山山脈的餘脈就在不遠的前方。蟬叫與蛙鳴都不必翻譯。

第一天晚上，我們去礁溪泡溫泉，我疲累的身體需要放鬆。他很喜歡，第一次溫泉的經驗就獻給台灣。

艾力克斯大學剛畢業，這三年，他靠著去工地打工的機會，賺了一筆錢準備環遊世界。已經第四個月了，他停留了泰國、寮國和越南，各一個多月，也打算在台灣停留一個月。這幾個地方我剛好也都去過，中南半島裡我最喜歡與最不喜歡的國家剛好就是寮國和越南。

「到目前為止，你最喜歡哪裡？」我問。

「嗯，龍坡邦吧，在寮國。」他答。

「為什麼？」

「嗯，那裡很安全，很安靜，便利，而且小小的，有很多廟，人與人感覺很親近。」

「那你最不喜歡哪裡？」

「越南。我在越南遇過兩次搶劫，一次在河內，一次在會安。」即使講到被搶劫的記憶，他還是不急不徐，不慍不火。

「我也曾在河內親眼目睹過搶劫，就在我旁邊。而且可能是共產國家的關係，我覺得越南人不太喜歡笑。」

「對，我也這麼覺得。」

對於旅行地與生命情態的契合，讓我不禁懷疑這次沙發客的接待彷彿是上帝刻意的安排。一個人，慢慢地走，輕輕地說，緩緩地看，深深地想。

「為什麼想要花一年時間旅行？你要找什麼？」

「大學畢業到工作前，我想更認識自己。想釐清自己的想法，想知道以後要做什麼。」

「那你找到了嗎？」我好像問了一個尖銳的問題。

「NO!」他想了幾秒後，微笑地說，笑起來的樣子，有些像網球天王費德勒。

泡完湯，我們坐在小木椅上吹風。我兩眼放空，他就靜靜地坐在我面前看著我，像一隻溫馴的小狗。可以坐到天荒地老似的，只要我不開口不移動身子，他就可以一直在我對面坐著。我們沒有什麼認識，彼此都不說話地坐著卻也不會有一絲尷尬存在。

五月了，晚風卻還是涼的，端午節還沒過的緣故。

艾力克斯原本只提出住一天的要求。礁溪回宜蘭市的路上，他問可不可以再多住一個晚上，「旅行到第四個月，應該過了新鮮期了，什麼都可以看，什麼也都可以不看了。最累的是規劃接下來的旅行和交通吧。」我說，他又揚起微笑地點頭。因此，他就在員山多待一天。

只是騎著腳踏車，喝喝咖啡的一天。

最後一天早上，他準備搭火車南下。十二點多的車，「如果你早上沒什麼計畫，不然到我的學校，我教你中文吧。」艾力克斯開心應好。

他到校園逛逛，我回到圖書館辦公室處理公文，台灣總統府前小英準備總統就職大典（二零一六年）。

坐定。我先教「誰？」，我是誰、你是誰、他是誰，這樣就可以對話了。

「有沒有問題？」

「有。」

「什麼問題？」

「Felix 是什麼，Chinese ？」

「Felix 中文怎麼說？」

「Felix 中文怎麼說？」他明白我在修正他的中文，重複了我的話，是個理解力很強的學生。

「菲力克斯。」一個字一個字我慢慢說，並且把中文寫在他的講義上。

「誰」的問題教完後，接著教「什麼」和「哪裡」。

「Ryan 在哪裡？」

「Ryan 在這裡。」

「艾力克斯在哪裡？」我問。他像插頭突然被拔掉的風扇，不動了。

「艾力克斯在哪裡？」我再問一次。他還是沒有反應。

「艾力克斯在哪裡？」我指了指他。他卻看了一下講義上的中文字。我哈哈地笑了起來。

「你是誰？」

「我是菲力克斯，不是艾力克斯。」菲力克斯用中文標準的腔調回答我。

他不是艾力克斯，他是菲力克斯。

菲力克斯是一個加拿大剛畢業的大學生，在路上，找自己。

30・小馬與小馬

「你好，我是 Bay。這是我太太。」

我忍不住端詳了一下眼前這對看起來像大學生的情侶，真是年輕呀。

「你好，叫我小馬就可以了。」我和二人握手，歡迎他們大包小包地來到宜蘭。他們兩人的眼睛都亮了，我的手或聲音很有磁性嗎？

「哇嗚，這樣巧呀，我也叫小馬。那我叫你小馬哥。」小馬就站在我面前，瞪大了眼睛說，笑得合不攏嘴，看起來就很親切直率。

之後，來自馬來西亞的小馬像找到合音般，嘴巴幾乎都沒休息過，舉凡家人、旅行、投資，無所不談，我的幽默切中他的笑點，他有時正經，有時被我的回應攪到岔氣，「小馬哥你真的很好笑耶。」馬來西亞的華語「西北有力」，聽得我津津有味。

讓二人先沐浴，小馬匆匆洗完，迫不及待又下樓跟我聊天，小馬哥長的小馬哥短的，「你真的很像我哥哥耶。」

「小馬，你真活潑開朗啊，感覺你活得很自在啊！」我忍不住讚嘆。

「小馬哥，我跟你說，我以前不是降的。以前我長得很醜。」小馬邊說，我看著他白皙的皮膚、端正的五官、提升斯文程度的黑框眼鏡、高瘦的身材、能對陌生人滔滔不絕的自信……老實說，我無法想像他以前是什麼樣子。「小馬哥你看！」他取出手機，點開五年前的照片，矮、胖、沒有表情、臉的五官擠在一起、一口又暴又亂的牙……

「你確定是同一個人嗎？」

「對啊，都是我啊。」

「你的本業是魔術師嗎？」

「哈哈哈哈，我已經不一樣了。」他的「了」唸成三聲的「了」，典型的馬來華語。

「你怎麼辦到的？」

「我減肥，牙齒整型，長高了一點，學鋼琴，總之我想變不一樣。」

真有決心的小馬，果真脫胎換骨了。

聊到半夜，兩匹小馬。我總覺得許多相遇不像是偶然，更像必然，而宇宙以吸引力法則在運行著，讓人與人以某些難以理解卻又覺巧合的方式相遇。

接待過的另一個馬來西亞沙發客瑞民，他也持相近觀點：「我覺得搭便車和沙發衝浪一樣，可以把兩個陌生人牽連起來。一夜之間，我們就這樣成了朋友。不管是吸引力法則，還是業力法則，我始終相信，磁場相近的人，總是會碰上。」

和瑞民的確有磁場相近之處，比如我們都喜歡文學，喜歡音樂，喜歡人與人的交流，喜歡旅行。他下榻的那天，正巧台灣金曲獎頒獎典禮，他對台灣樂壇的了解比我有過之而無不及；大學時期登山社的朋友瑋傑，剛好也入圍這屆金曲獎最佳客語專輯獎，因此整場典禮，我不只是個觀眾，還是個期待某個入圍者得獎的粉絲。

瑞民很享受這個晚上，二人對話幾乎都圍繞著音樂，從黃明志聊到宋冬野，〈魚仔〉、〈浪子回頭〉、〈是否〉、〈不為誰而作的歌〉……電視機前，我們也在開演唱會。

「你很懂台灣的樂壇。」

「我聽台灣的歌長大的。」

「你也很了解馬來西亞啊。」

「我長大的過程，阿牛和梁靜茹的音樂都陪過我一陣子。」

「原來。而且，我是電台節目主持人，本來就常常要介紹不同音樂，所以就這比較熟悉了。」

我一直在想他說話有種特別的節奏，輕重緩急中有悅耳的規律，原來啊，電台節目主持人。我們都是靠「表達」維生的，當這些彼此生命中的核心變成兩人的交集時，火光速速燃起，交流浩浩成海。

「小馬哥，我們好像是很好的朋友，今天我捨不得睡覺。」

我看著雀躍的小馬，感覺他那樣歡喜、那般信任，就像一個認識很多年的華僑學弟。可是我們才認識不到幾個小時。

認識不到幾個小時，我對眼前這個不到二十五歲的年輕人已經心生敬佩。他每年旅行兩三次，數天到十來天不等，旅費都是自己賺的。他滿腦子生意頭腦，已經自己買下一棟房子，經營數種生意，目前還在規劃無人洗衣店、手機電信業務、雜貨買賣……每一項都不是隨便說說或做做，他有詳盡的規劃、執行、組織。

「我不會讀書，就想趕快賺錢咩。小馬哥，你要不要一起賺？我們可以合資，你入股，我準備開新的洗衣店。」談合資真是對初相見的我莫大的信任，但我腦海想到的都是可能面臨的問題，小馬想到的都是如何解決問題。

有時，我也不太確定跟馬來西亞的背包客契合度高，究竟是因為語言相通，還是只是頻率碰巧相近；或者，真是吸引力法則。

健發是個年紀將近四十歲的背包客，渾身有種流浪哲學家氣質。

他來到我家後，我們的話題就掛在牆壁上。那是一幅尼泊爾安娜普娜山脈，我在波卡拉，以一塊美金購得，並用黑色木框把壯闊的山麥養在家。一般人看，只覺得美。可是健發一看，他立刻說：「你也去爬過安娜普娜（Annapuna）嗎？」這個問題，表示他已知道我可能去過尼泊爾的波卡拉，波卡拉是諸多喜馬拉雅山脈的登山入口之一。

「我只站在薩朗科（Sarangkot）遙望安娜普娜，但那天霧茫茫，什麼也看不到。」喜歡山或遠離人群的這個頻率，我直覺眼前的人和我相似。

「尼泊爾地震時，我正好在爬魚尾峰。」健發沉穩地說，感覺得出來他很享受自然與孤寂，那像是孕育智慧的溫床，或遠離凡塵的天堂。「天地搖晃，山好像要坍塌了一樣。」

我記得那次地震，發生在我去加德滿都旅行後的隔年。杜巴廣場中，佇立幾百年的獨木廟，就硬生生被震垮，電視機前我看得心驚膽顫，十分不捨；沒想到那時候，有一個幾年後將到我家沙發衝浪的背包客亦身處尼泊爾。

健發親近山，親近自然，可是他討厭人群，討厭他的國家馬來西亞。聊到馬來西亞，他的狀況入世了，情緒也波瀾了，「尤其是回教保護政策，令人生氣。最近政府在討論，要在超市的手推車分清真和非清真。就有人回，那紙鈔也有賣豬肉的人用過，難道紙鈔也要分清真和非清真嗎？」

這些矛盾和衝突，也是我的好奇所在。就像塵囂一樣真實。旅行讓人遠離塵囂；然而，活著的人，不得不活在塵囂與衝突中，在塵囂中渴望遠離，在衝突中追索融合。

山吸引愛山者，愛山者再吸引愛山者。吸引力法則。

「小馬哥，明年春天我們要結婚了，我想邀請你來馬來西亞。」小馬當面對我發出邀請，他的未婚妻站在他旁邊，用毛巾擦著未乾的長髮，儼然已經像一家人了。

「好啊，你到時候記得通知我。」我對於他的邀請感到窩心，可是對於未來的事情也沒有太多的想像。

兩週後，我的信箱收到一封信，裡頭洋洋灑灑羅列他經營的細項，以及我們合夥投資的方法，果然是個劍及履及的青年，我相信他一定會成功。或者一定會更成功。

隔年六月，我低頭查詢桃園直飛新山的航班。因為小馬傳來訊息：「哈哈，我真的很希望你和你家人出席我的婚禮。我永遠記得你，因為你姓馬。而且你收集很多星巴克的杯子，你坐飛機去看珠穆朗瑪還遇到下雨。」

「恭禧你啊，而且你記憶力也太好了吧。」

「因為我有心去記得你。」

我非常認真地思考了參加他婚禮的可行性。可是這年我的第二個孩子出生了，加上沒有直飛班機，兩天一夜的安排，交通比想像中困難許多，人在台灣的小馬只好遠遠地祝福人在大馬的小馬。

又過了一年。

我在臉書上，無意間看見了他離婚的文章。於是發了訊息問候他，並關心他有沒有孩子，「謝謝，我會堅強。那個時候我去宜蘭，你還記得吧，其實我們是去那邊超渡的，因為我們的孩子不在了。」

「了解，希望每個生命都往理想的方向發展。」

這個早晨，兩個小馬又對上話了，我不禁又想起吸引力法則。又想起曾經相處的某些片刻，那些畸零的時光碎片，撿一撿拼一拼，竟也像小說翻到結局那頁，豁然開朗而悵然若失。

「小馬哥，你好早起來哦。」

「今天剛好比較早。」五點左右，天已微笑，空氣甚涼甚清。「你那邊幾點？」

「跟台灣一樣。」

原來，馬來西亞和台灣沒有時差。

「可是，我們這裡天還沒亮。」

31・馬爾摩沙拉

「收集」是我的興趣，像是星巴克的城市杯，或世界各地的磁鐵。如今，接待各國的沙發客，像是另一種形式的收集。沙拉（Sara）是我第一個收集到的瑞典人。

然而我們在友愛百貨底下見面的時候，她的身邊還多了兩個宜蘭人，一男一女。「下午等你的時候，我無聊一個人在公園閒晃，遇到他們，他們帶我回家，給我網路，陪我去夜市吃晚餐。台灣人『超級超級』好的。」沙拉笑得很開，她有著出乎北歐印象的矮小身材。

當我還在猶豫接下來要做什麼的時候，其中一位女士邀請我先到她的租屋處，沙拉的包包就放在那裡。

我問沙拉她到底要住哪裡，沙拉尷尬地說：「都好。」那中年婦女向我打了招呼，然後就開口問我幾個問題「你住哪裡？」、「你做什麼工作」、「你明天要帶她去哪裡？」、「你們怎麼認識的？」……我覺得我被她的熱心助人給冒犯了，不大想回答她的審題。這些問題剛好也是我想問她的，可是我只簡單回應，一句反問也沒有。

「我們是網站上面認識的。今天她要借住我家。如果你家願意給她住，那麼她住你家也可以。」她馬上打了電話給屋主，但屋主表示不同意，於是她又對我說：「賴先生，那沙拉就麻煩你接她回家，明天早上再麻煩你送她過來，明天我剛好放假，可以帶她去走走。」我感覺得出來她的熱忱，也感受得出來她樂於幫助一個陌生外國女生的心情。

但我也感覺一種不被信任的冒犯。

她上了我的摩托車，沒想到除了大背包以外，她自己還帶了一頂全罩的安全帽。

回家後，我把這樣的對話和心理對沙拉說，沙拉直說抱歉，又說台灣人真的是「超級超級」友善，走到哪裡只要有需要，一定會有人幫忙，全世界很少有一個地方像台灣這樣。她只要講到Super，一定會以誇張卻真誠的口氣重複兩次。

沙拉旅行前，在餐廳打工。打工的老闆視她為眼中釘，因為她常常為其他社會底層的員工爭取權益，「有些從敘利亞、巴基斯坦或中國來的人，他們語言不太好，老闆說什麼他們就得接受什麼，我看不下去，就會幫他們說話。」

「你們老闆怎麼看你？」

「他一定很討厭我。但我不在乎，被辭職就被辭職。」

沙拉的語氣沒有氣憤，也沒有酸腐，更沒有自傲地覺得自己是個英雄。她只是不卑不亢娓娓道來。

「但最後她也沒有辭掉我，是我自己辭掉工作。並且中斷了大學的學習。」

「什麼科系？」

「社工系。」

「為什麼？」

「因為我不喜歡。做這件事我沒有熱情。我休學後，旅行，從泰國開始，柬埔寨、越南，後來聽說今年有個 Rainbow Gathering 的活動在台灣，我就飛來台灣了。」「對了，我的安全帽就是在越南買的。丟了可惜，於是就帶來台灣。」

我還真沒見過哪個背包客隨身攜帶一頂安全帽環遊世界。

「嘿，你看！」我拿了冰箱上的一個磁鐵給她看。

「哇，你怎麼會有馬爾摩的磁鐵啊？」

「我有一個朋友從丹麥去了挪威，經過馬爾摩，買下來送我的。」那個朋友是現在人在洛杉磯讀博士的楷柱，兩三年前他送我的時侯，壓根兒沒想到有一天會有一個來自馬爾摩的女孩，親眼在我家看到了這個同樣來自馬爾摩的磁鐵。

「說不定你們兩個曾經在馬爾摩的路上擦身而過呢？」

說完我們都笑了。

「瑞典的生活如何？北歐可是台灣人眼中的天堂呢！」

「真的嗎？我們有很高的收入，不錯的社會福利制度，也要繳很高的稅。」

「你在餐廳打工一個月可以賺多少錢？」

「如果上班時間多一點，大概可以賺兩、三仟歐元吧！但我要繳超過三十％的稅金。」

「那瑞典消費水準呢？」

「老實說，馬爾摩比較接近丹麥，我們其實比較不像典型的瑞典人。馬爾摩商業滿發達的，它是瑞典的第三大城吧。」

「買一棟房子要多少錢？」我好奇。

「我買了一間老公寓，四、五十年了，大約……」她開始換算匯率「大約一佰八十萬台幣吧。」

這下換我瞪大眼睛了。一個只在餐廳打工的休學大學生，竟然已經在瑞典的第三大城買了一間老公寓，況且是以這樣的價錢。沙拉又說了一些訊息，關於馬爾摩的消費、教育和生活，我則沉緬在搜尋到的瑞典馬爾摩相關資料裡，照片中沙拉的故鄉，街道整齊，尖頂方窗，色彩繽紛。

一九零四年，戊戌變法失敗而流亡海外的康有為，曾寫下瑞典遊記：「以京邑而兼山海島橋之勝絕者，天下所無。應以士多貢冠絕萬國，獨步無偶焉。華盛頓號稱幽麗，柏林號為嚴整，比知有天人先凡之別。下視巴黎、倫敦、紐約，湫隘囂塵，真如地獄矣。[2]」當時康有為就驚嘆瑞典首都士多貢（現譯：斯德哥爾摩）的建設與美觀，遠勝過他足跡踏遍的歐美餘國。

我眼前這位年輕的姑娘，她的國家就是康有為當年稱羨的瑞典，那個他心中最接近世界大同的理想地。

「我們有經濟的問題。也有收容難民的問題。我們的教育雖然從小到大學都不用錢，還有零用錢，但我們的年輕人也不喜歡上學。」
「零用錢多少？」
「大學的話，一個月大概有八、九仟塊台幣的零用錢。」
「真不錯。」
「社會福利對政府財政也是一個重大的負擔。有一天一定會倒。」
「至少比其他國家更好的一點，你們的政府拿了錢是用在人民的身上，那些政策與預算至少不是掉到了財團或政治人物的口袋。」我說。
「但是你們台灣也很好啊，至少對我來說，像個天堂一樣。」
「有些台灣人稱台灣叫『鬼島』。」
「哦不，台灣人真的『超級超級』友善的。我來台灣沒幾天就愛上這裡了。」也許，她想到超級超級友善的台灣人，包括站在她面前的我，也包括隔日帶她去宜蘭市走走、那個令我覺得唐突冒犯的女士。

我把馬爾摩的磁鐵貼回冰箱，彷彿我不只收集了一個磁鐵，更收集了一個來自瑞典的故事了。

一九零四年康有為著作《瑞典遊記》，直到他過世前，僅出版《歐洲十一國遊記》（內容僅有義大利與法國）及《德國及東歐遊記》。曾與康有為同遊瑞典的二女兒康同璧，整理其父遺稿，於一九五六年，將遺稿交給時任北京瑞典駐華使館的瑞典漢學家馬悅然。馬悅然忙於工作，遲至一九七一年才將康有為的《瑞典遊記》以瑞典文出版。又近過了五十年，二零零七年這本書的中文版才問世，距離康有為旅行瑞典已經一個世紀了。

32．不像羅馬人

冷得鮮豔，像維京海盜頭盔上的兩隻角：往左上彎是一根涼筍，向右弧線是一尾朱紅明蝦平躺。台灣夜市快炒店的展示冷凍玻璃廚櫃，成了他相機中的台灣一景。那樣尋常，透過他藝術之眼，竟瀰漫著一股異國感與台灣味。

我看得目不轉睛……

還有整屋的夾娃娃機，空無一人，畫面以一種鮮明的粉紅與暗黑，構築熱熱鬧鬧的孤寂。

「以及，霧。」我說，你的照片我很喜歡。這是你眼中看見而我們沒看見的台灣。看他的照片我就知道，我們將會很有話聊。

他是來自義大利羅馬的拉威瑞歐（Laverio），自拍照很有意思，棕色捲髮、白皮膚在大面灰牆的襯托下，有一種寧靜的美感。他使我聯想起幾年前在羅馬旅行時隨處可見的雕像。羅馬。羅馬人。於是就按下了接受鍵，歡迎他的到來。

拉威瑞歐拿獎學金在德國攻讀藝術學士，德文和英文都好得不得了。二十九歲，有一個很難定位是什麼關係的「女朋友」。對亞洲有濃厚興趣，卻不喜歡大地方，所以對中國興致缺缺，但對越南情有獨鍾。

他的相機裡，有一些惠安古城的照片，他如數家珍；再滑，是美麗的海岸和寄居蟹，「我在澳洲打工半年，在馬斯塔尼亞生活了兩個月，那裡簡單的生活讓我覺得很快樂。」我從他的照片中，拼湊出旅行足跡，一個點與下一個點連成一條旅行線；拼湊的想像中，自己好像也短暫地異地神遊了。

「為什麼會到台灣？」

「我在越南，剛好看到越捷便宜機票，就來了。」

可以把人生活得這般瀟灑自在，劍及履及，快意極了。

「做這個決定，如何？」

「太棒了，我喜歡台灣的一切，除了街上的房子很不漂亮以外。」

我們都笑了，他補充說他的意思是台灣的人很漂亮。

「我喜歡旅行。旅行可以看到太多不一樣的事物，那些異於我們平常習慣的見聞，反而對比出我們原來的生活環境，彰顯了我們自身的文化，幫助我理解我的文化，也幫助我認識我自己。」他說。

他搶走了我的結語，確認了我們的契合。

如果幾天前我按了拒絕鍵，這陣羅馬吹來的風可能就要吹向他方了。他很能聊，也很願意聊。那種願意，源自對人感到興趣，對人性感到信任。他的父母都耳聾，因此他會打手語；他是獨生子，因此擁有全部的愛，卻也害怕失去愛、失去自己。這些都是初次見面的他親口說的。

「我感覺得出來你都能理解。」他說。我真的能，可是我沒出一點聲音，只是以友善的微笑輕輕點頭。

隔天一早，我烤了麵包煮了黑咖啡當早餐。沒想到他竟然跟我說：「我不喝咖啡。我喝茶。」我的眼睛差點沒掉下來，再度確認：「一個義大利人說他不喝咖啡？」這是我的刻板印象還是你是特例？「我也不喜歡看足球。」這下我的眼睛真的掉下來了，這個羅馬人一點也不義大利呀，不愛足球，也不喝咖啡。

走自己的路。我喜歡。

我邀請他到我的班上跟高中生聊聊天，他一口答應。

臨時告知二一一的同學。調皮的游尚恩馬上準備了一段義大利文作為開場，歡迎他的到來，把拉威瑞歐逗樂了。拉威瑞歐站在講台上，像一個外交部長或大明星，介紹著自己以及義大利。高二的同學聽得認真，台下一片安靜不禁讓我覺得有些冷場。學生舉手問了幾個問題：

你幾歲？

你喜歡台灣嗎？有沒有吃過臭豆腐？

你有女朋友嗎？義大利有什麼好玩的？

義大利高中生一天上課要上幾個小時？

幾個關於「什麼」的問題，就是沒有關於「為什麼」的。十七歲的台灣高中男孩，還單純得很。中午我要開會，七、八個學生申請外出陪他吃飯。

下午我們又見面。

「他們請我吃飯。吃水餃。」他笑得很開心地說。

「也許你是他們生命中第一個認識活生生的義大利人。台灣是個封閉的小島，在宜蘭這個地方，大部分的人沒有太多機會認識外國人。他們看到你很開心。」

「他們都是很好的人。台灣人很好。你們信任陌生人。」

「台灣高中生和義大利高中生有什麼不一樣？」

「我覺得很不可思議，他們竟然願意乖乖地坐在位子上聽一個陌生的義大利人講話。」

「如果是在義大利的高中教室呢？」

「他們應該會斜眼看你，或者根本不理你。我和他們沒有任何關係。」

「所以你覺得？」

「我覺得他們很可愛，很善良。」

「你是指他們很 naive（天真）嗎？」看得出來他找不到適合的形容詞，於是我用了 naive。

「對！就是這種感覺。他們明明已經十七歲了，卻讓人感覺他們還是非常善良，對人很尊敬，純真，充滿好奇。讓人感覺他們還像小孩子一樣。」

天真的一體兩面。我看到了他們的不夠成熟，他看到了他們的純真善良。偶爾我也需要一雙旅行的眼睛。

準備離開前，我們又坐在家裡的沙發聊了一個小時，昨晚，這張沙發可是他的床啊。他自然地聊起了更多的自己，聊起他的德國「女朋友」。

「我們是很好的朋友。她很善良，我們很能聊天，相處很愉快。有時她會來我住的地方找我，我煮飯給她吃，然後喝酒，她留下來過夜。」他一邊說著，一邊點開他「女朋友」的照片，還挺漂亮的。金髮藍眼睛。

「你們做愛？但你不想建立關係？」

「對！就是這樣！我們好像很有默契地都不說，只做。隔天一早，又恢復成一般的好朋友的樣子。」

「但你困擾了？」

「嗯。男人是愛和性可以分得很清楚的動物。女人不一樣。她母親早逝，獨立，但她也渴望愛。相處久了，她除了性，也希望從我身上得到愛。」他的義式笑容已經收起來了，彷彿正面對一個諮商師。「我最討厭回答別人問我『你愛她嗎？』愛怎麼可以一直掛在嘴巴呢？」

真的不像羅馬人。說到羅馬，說到義大利就讓人聯想到足球、咖啡或是甜得要命又浪漫得要命的提拉米蘇。可是眼前這位羅馬人，真的不像羅馬人。

「你害怕什麼？」我問。

他停頓了。

一會兒，他反問：「你覺得婚姻是什麼？」

「兩個人相處，但每個人都得切掉一部分的自己以建立另一個雙向關係。」

「嗯，說得好。切掉一部分的自己。我害怕的就是自己變得不完整。」

「那是選擇，不是犧牲。你很愛你自己嘛！」

「我也愛她。但我希望一直保持原來完整的自己。就像我攝影，我不希望因為商業模式或工作而拍攝出迎合大眾口味的作品。我想保有自己。」

我想到涼筍和明蝦。在同一個冷凍櫥窗裡，保有自己。一個老朋友般健談的義大利人來了又要走了，像一陣風，像一杯茶葉還在熱水漩渦裡轉呀轉的白毫烏龍，像一個馬可波羅般奇幻的萬花筒，像……嗯，就是不像羅馬人。

33 • 米燦荷在打坐

米燦荷在打坐。

一個剛醒過來的早晨，晨曦透過玻璃潑灑在他的身體，金黃的長髮和鬍子都染上破曉的陽光。他像一尊如如不動的佛，靜靜端坐沙發上。

為避免驚擾他，我躡手躡腳地經過客廳沙發，走向廚房取水，他微微睜開眼睛，以一種深度覺察此時此刻的狀態向我道早。我的身體還有晚睡留下的疲累與遲緩，一樣晚睡的他早把自己的行囊打理好，神和氣平，隨時可以同我出門。

我的疲累與遲緩，與他的眼神有關。米燦荷是加拿大人，星期四晚上我還在宜中活動中心帶排球隊練球時，他到那裡等我，身體被大雨淋濕了。回到我家後，汗臭味漲滿客廳。他陪我在那兒吃消夜，我喚著他吃，他只吃炸豆腐，並用中文說「我是蔬食。」我皺了下眉頭，不確定他要表達的是「我吃蔬食」或是什麼。

我用英文問，「你說什麼？」

他改用英文回答：「我吃素。」

我們聊天的內容，他大都嘗試以極努力卻有限的中文詞彙表達。「我想學中文和功夫。」這是他在自我介紹時說的。

「你中文很好。在哪裡學的？」

「我中文不很好。自己學。」

「怎麼學？」

「書。」他的手作了翻書的動作。

「你在加拿大做什麼？」

「教英文。」這句他用英文回答。

我繼續吃著烤肉和炸鹹酥雞。他只是看著我吃，偶爾吃一口豆腐。

「好吃嗎？」

「很好吃。」

說話的時候，沉默的時候，他的眼神總是緩緩靜靜地如雨後的湖水無波，澄澈地望著你。沒有攻擊性，沒有冒犯，沒有催趕，也彷彿沒有過去和未來。看你，卻又像沒看見你，或者，看穿你卻又全然接納你。

他的外婆是愛沙尼亞人，父親是美國人，他則生活在溫哥華，那個華人滿街跑的西方城市。他卻有個東方靈魂似的，酷愛東方的文化。

他問我喜歡禪和「冥想」嗎？「冥想」這個詞他用的是英文的 Meditation，一會兒又以中文說：「我打坐。」在森林裡，在海邊，在公車上，只要專注下來，不管在哪裡他都能打坐。我說，我偶爾也打坐，也冥想，但不常。時鐘走到晚上十一點半，如果我此時此刻打坐，一定馬上睡著。

我忽然想起幾年前在菲律賓教中文的經驗，於是隨興地教了他中文的「四聲」，先分辨音階最高的一聲（high tone）和音階最低而音長最長的三聲（low tone），接著講上揚的二聲（rising tone）和下降的四聲（falling tone）。從一唸到十，他很快地就能分別其中的差異，我刻意張大口腔，放慢語速，像在教兩歲的孩子一樣。他每掌握了一些，想舉例而口欲不能言，我大概也能猜到他要表達的訊息，於是就把他的句子完整說一次讓他重複，他重複完，總說「你是很好老師。」

白天上班，晚上教球，半夜教中文，實在倦了。他又望了一下沙發後的壁紙，「好看，這是什麼？」

我倒吸一口氣。客廳沙發後方，我把王羲之的行書列印成壁紙，就貼在那空白處，大約三公尺寬。王羲之蘭亭集序的行書線條像跳了千年的舞，「一觴一詠，亦足以暢敘幽情……」既然他想知道，那我就為他講蘭亭集序吧。但我無法用他能理解的淺薄的中文解釋，於是切換成兩人都輕鬆的英文，他聽得頻頻點頭，似乎對於「人類的身體、生命與快樂都有保存期限」極有同感。

「我很喜歡。我想學中文。」

我偶爾神思飛馳，想到一個夏末的夜半，給一個初次見面的加拿大沙發客米燦荷講蘭亭集序，自己也忍不住覺得荒謬離奇。

近十二點，我領他到二樓洗澡。經過樓間，他看了我的攝影，每一張都能叫出名字，「Granada」、「Himalaya」、「Pokhara」……

我略為驚訝地問：「你去過尼泊爾？」

「我喜歡 hiking，我去 Annapura 十四天。走到六千公尺的 base camp（基地營）。」

他說的Annapura，正是我掛在電視旁的一幅海報，幾年前我在波卡拉郊區健行用一元美金買下的。那時晨間微雨濃霧，安娜普娜山脈藏在霧裡什麼也見不著。沒想到米燦荷曾經用他的雙腳在那裡走了十幾天的山路。

巧合。也是吸引力法則。兩人相視而笑，我眼中的他依然冷靜澄澈，而他眼中的我應該略有倦容。

第二天，我們一起到學校附近吃早餐，他點了蛋餅，直說台灣的食物好吃；我則是喝了咖啡、吃了漢堡。我說，我給你拍張照吧，他笑著說好，於是把頭髮放下，長髮垂肩，鬍鬚爬滿整座下巴。

我還未開口，他倒搶在我話前說，「像Jesus吧，很多人說過了。」

嗯，像極了，是個柔軟而充滿智慧的Jesus。

我又想起他坐在沙發上打坐的寧靜姿態，外形像西方的耶穌，內心卻有東方禪佛的嚮往。

「像 Jesus 吧」，我想了想，更像一尊行遊四海、如如不動的觀自在菩薩。

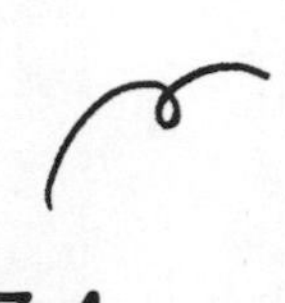

34．我們去洗澡，戴瑞安

接待過的沙發客中，這是唯一一個在見面十分鐘內，我就對他提出這樣的邀請：「走，我們去洗澡！我幫你洗澡。」他也欣然同意，就讓我牽著走上樓梯。

戴瑞安，這是我自己為他取的中文名字。看到戴瑞安的時侯已經晚上九點了，對他來說，已經不早了，而他身上散發出玩了一天的臭味，間接說明台灣的悶熱與他的疲累。

我在澡盆放水，脫掉戴瑞安的衣服，褲子，接著是，尿布，他不但沒有如他媽媽所說的「他不喜歡洗澡，只要開始脫衣服就會尖叫的」，還玩水玩得很開心。

他的媽媽，是一名二十五歲左右的香港人，操廣東話，所以講洗澡聽起來像洗腳。戴瑞安已經在澡盆裡打水仗，他把水潑向我，也潑向正在脫衣服的兩歲兒子海崴。二十個月大的戴瑞安很激動，兩歲的海崴很淡定。兩個小生物就在我面前裸裎相見。

戴瑞安的法國爸爸站在我的旁邊，拿著戴瑞安的衣服和尿布。我心想，洗一個跟洗兩個也差不多，不如就趕緊把戴瑞安和海威一起洗一洗吧。

一般而言，海威如果在家（有時他跟阿公阿媽住在外澳老家），我則不接待沙發客；但是戴瑞安實在太特別了，我一看到那張三個人的全家福，就不忍心按下拒絕鍵。戴瑞安的爸爸說：「我從法國一路旅行，睡帳篷、搭便車，穿過中亞、東南亞到香港，認識了她。然後她就加入我旅行的行列，繼續在世界上移動。後來懷孕了，六、七個月了，飛回法國生下戴瑞安。產後五個星期，我們又出發旅行了。」

「五週大就去旅行？」我問。

「是的。我想旅行。」法國爸爸說。

「去哪裡？」我問。

「去墨西哥。玻利維亞，南美洲。」法國爸爸說。

「小孩要打預防針怎麼辦？」預防針我不會說，所以這句改用中文問香港媽媽。一看到小孩，我完全啟動爸爸模式而關閉旅行模式了。

「看他在哪裡就在那裡打。都不用錢哦。」香港媽媽說。

「帶一個小孩旅行，不會辛苦嗎？」我問。

「戴瑞安瘦瘦的，抱起來不會太負擔，所以還好。」香港媽媽說。其實我真正想知道的並不是大人會不會辛苦，而是一個出生才幾週大的孩子就隨著父母在世界各地奔波，日常生活的便利性、社會的安全性和醫療的可靠性……要擔心考量那麼多事，不辛苦嗎？還有那麼多事無法掌握，不焦慮嗎？

我想像帶著一歲的海崴在宿霧的街上搭吉普尼，幾週後，我們在伊斯坦堡的藍色清真寺外喝土耳其紅茶。一歲半，布宜諾斯艾利斯的某個咖啡廳外，我的相機被偷，那天冷得不得了，海崴好像感冒了……

切回現實，我即使自己嚮往那種近乎流浪的旅行生活，然而一想到帶著孩子雲遊四海，我直接舉白旗。

然而，戴瑞安的爸爸既然認為這種生活為一種理想，心不會苦，過起來也就不會辛苦了；至於孩子，到哪裡，哪裡不都是遊戲的地方嗎？適應一個穩定環境的孩子不適應天天變化，然而適應天天變化的孩子在移動中，大概也沒有什麼辛苦不辛苦這樣後設的念頭了。

戴瑞安已經洗好了，我的衣服被他噴濕了一大半；接著我幫海崴洗，而戴瑞安因為不想起來而哭了起來，嚎啕的尖叫取代了他還未發展成熟的語言。他還想玩。

戴瑞安的爸爸也還想玩。他們全家來到台灣，戴瑞安的爸爸就在花蓮買了一輛腳踏車，香港媽媽和戴瑞安偶爾搭便車，偶爾搭火車，戴瑞安的爸爸就騎著單車環島，今天，他就是騎了北宜公路從台北來到宜蘭。

「旅行那麼多年了，不累嗎？」我問。

「不會，習慣了。」法國爸爸答。

「覺得台灣如何？」

「我喜歡。很安全，非常安全，我想留在台灣三個月，寫書。」法國爸爸答，他那輛環台的腳踏車正停在我家門前，並沒有上鎖。

「台灣之後呢？」

「日本，或韓國吧，但那邊可能很貴。」

我也好奇香港媽媽，陪著一個心愛的男人在海角天涯「移動」。

「你喜歡這樣的生活嗎？」

「以前我在香港的時候，從來無法想像有人可以搭便車、帶著帳篷就到處旅行。我自己過了這樣的生活，也覺得滿不錯的。」香港媽媽說。聽她說話時，香港櫛比鱗次的摩天大樓一根一根佇立在我的腦海中。我猜想，也許她覺得滿不錯的，是天寬地闊的自由。

「你的家人呢？」

「我的媽媽很反對，她希望我們趕快安定下來，在香港也好，在法國也好，找一個工作，不要再『流浪』了。」她笑笑地說。

她像減去憂鬱的三毛。皮膚被晒得黝黑，靈魂被放了飛，二十五歲當了媽，戴瑞安在身後追。

「他的家人呢？」我眼睛瞟了一下法國爸爸，到現在我都還沒記起他叫什麼名字呢。

「他的家人很支持啊，只要他快樂就好。」

一棵筆直的樹。土地，天空。歸屬，仰望。

一艘判斷風向尋找航向的船。東方，西方。極限，挑戰。

洗好澡的海崴手裡拿著一輛玩具車，看著跑來跑去的戴瑞安。戴瑞安蹭了過來，搶了海崴手中的玩具車，海崴看著我，又看著那玩具，皺眉垂嘴但沒有哭。

「借弟弟玩一下。」

「不要。」

「那你跟弟弟說：『不要，那是我的玩具。』」

「爸爸說。」

「那是你的玩具，你自己說。」

我坐沙發，海崴繼續靠在我兩腿之間，要我幫他拿回玩具。戴瑞安完全不怕人，想跟初次見面的海崴玩，但海崴不想跟他玩。

一個晚上，法國爸爸看了好幾次戴瑞安搶了海崴的玩具，他沒有動手、沒有嘶吼，也沒有嚴厲的神情，只是靠過去講了幾句法文，像在跟戴瑞安協商。幾次協商的結果，都是戴瑞安贏。

我跟戴瑞安的爸爸說，我期待看到你的書。

而我更期待看到的是，自我得到充分溉灌、長大以後的戴瑞安，將長成什麼模樣。也許，他也會為了尋找自己，踏上南極，當個洗碗工去。

35・巴黎朋友的明信片

「賴恩，當我抵達宜蘭時，

（那天我真狼狽，從九份騎著腳踏車到宜蘭，整路都是雨，雖然山路的風景很美，但我連襪子都濕了，實在沒有閒暇欣賞山脈和大海。我最喜歡的那段道路是由廢棄的鐵軌隧道改建的自行車道，裡面的山洞好幾公里長，沒有雨，像騎在電影的某個場景。你馬上說出一個地名Dali，看起來你對你的家鄉很熟悉。可是濱海公路太可怕了，大卡車太多了，我不喜歡。）

我真的無法想像，

（你站在你家社區中庭等我，低著頭，和我握了手之後，繼續玩弄手中的蘆葦。結果，你把蘆葦變成一隻小雞，送給我。你真有趣。）

兩天之後

（原本你只答應讓我住一天，提出邀請我去你的學校的邀約之後，我問：「能不能多住在你家一天？」你馬上答應，沒有猶豫。你彷彿很能明白旅行的人，也好像很明白我似的。你一定也是很喜歡旅行的人，沙發後的牆上吊掛三幅無框畫，背景都是巴黎：凱旋門、羅浮宮、艾菲爾鐵塔，那是我旅行的起點。你說那些是你自己拍的照片，你不僅懂旅行，還會攝影呢。你家樓梯間還有尼泊爾安娜普娜山脈的全景，我在那裡健走了二十一天，真是懷念，沒想到在台灣還會遇見也去過那裡的人，這世界真像有某一種神奇的吸引力讓我們聚在一起。）

會有要離開一位朋友的感覺。

（旅行中，最感到開心的其中一件事，就是結交朋友。你一見面就問我去了哪些地方，又對哪個國家印象最深刻。如果只是風景移動，語言改變，食物轉換，老實說，去了很多地方也就都覺得差不多了。但既然你問我了，我就還是像複習自己的旅程再重遊一次我的足跡，這是我旅行一年多來最常回答的問題之一了。我從巴黎出發，經拉脫維亞、愛沙尼亞、立陶宛到莫斯科，然後搭西伯利亞鐵路到貝加爾湖。我用英文說這個湖你好像不懂，還好手機幫忙了。哈薩克、烏茲別克、吉爾吉斯，原本預計直接去巴基斯坦，但是拿不到簽證。你問我「為什麼拿不到？因為你是外國人，還是因為你是法國人？」我也搞不懂。然後是伊朗、杜拜、斯里蘭卡、印度、尼泊爾、緬甸、泰國、寮國、中國雲南、桂林、陽朔、西安、北京、山東，再從山東搭船到韓國、日本，然後就到台灣來了。預計停留一個月，你還問了我到台灣來的原因，這也是我已經回答過的問題，因為我在東南亞時，有人跟我說，在台灣騎腳踏車環島一圈，很好玩，所以我就來了。我在法國不常運動，也想給自己一個挑戰的機會。在台北租了腳踏車，把必要的行李帶著，就上路了，這事根本沒有我想像中難。而且在台灣都不用擔心車子被偷，我的腳踏車就停在你家門外，你說不用鎖沒關係。你家的外面就聽得到雞在啼叫，這兩天真像住在農莊啊。雞現在又在叫了。）

我喜歡你的活力，

（才見面沒幾分鐘，就開車帶我去一個叫礁溪的地方泡溫泉。我在日本已經泡過了，所以習慣了，否則如果是在歐洲的我，一定不好意思呢。你也分享了你的觀察，歐洲人很大方、熱情、開放，但是對於裸裎相見的溫泉就很不習慣；反之，日本或台灣的東方社會，沒有那麼大方熱情，人們不太會在街上擁抱接吻，但是對於裸湯卻不覺得有什麼。你說得對，當我在日本旅行時，我的母親和妹妹來日本找我，我帶她們去體驗日本的溫泉文化，她們就不敢泡。我妹妹死也不進去，害羞極了。泡在溫泉裡，我忽然想念我的家人了。你問我旅行一年多最不習慣的什麼事？大概就是想念法國菜和想念我的家人吧。我的爸爸當初非常反對我辭掉工程師的工作，這工作年薪也有四、五萬歐元，住在鄉下的他，認為工作是必要但旅行不是必要的，旅行回去不一定能找到同樣的工作。但我工作七年了，覺得人生就是這樣，不趁年輕走出去，還在等什麼呢。我用一年一萬歐元的預算來旅行，每天都會記帳，賴恩，這件事你滿驚訝的，難道你覺得每個法國人都是浪漫而不務實的嗎，哈哈，就像西方人覺得每個中國人都會功夫一樣。每天的交通、餐食、住宿，甚至是咖啡，我都會寫下來，然後統計在每一個國家的平均花費。像在在印度兩個半月，平均每天食衣住行只花十七歐元，目前我還有一些錢足夠讓我完成接下來的旅程。三十二歲的我已經不算是年輕的背包客了吧，雖然我的爸媽不是很同意我的決定，雖然偶爾我很想念法國的一切，可是到目前為止，我還不想回去法國，我還想持續旅行。）

你的笑容和你對許多事物的好奇，

（從溫泉回你家的路上，我想到了答案：印象最深刻的國家，是伊朗和緬甸。在伊朗，有一天我搭公車，去了一個鄉下的地方，很多人都不會講英文，但是他們對我很熱情，一直邀請我去他們家住，還煮了食物給我吃。我那時候覺得很慚愧，因為從小看西方的電視、新聞，對伊朗有偏見，以為那裡政治很亂、人很邪惡，可是當我去了那裡時，卻覺得那裡的人都很善良，都是很虔誠的穆斯林。還有一次很棒的經驗，在緬甸，那裡的人我根本不認識，他們卻打從心裡信任我，幫助我，不論在交通、食物還是住宿，他們是佛教徒。這種感覺，我在自己的國家法國沒有體驗過。就像在台灣，我去 7-ELEVEN 休息，東西放桌上，人去廁所，我都不會擔心東西被偷，在法國怎麼可能。所以我印象最深刻的兩個地方是伊朗和緬甸。政治明明應該是要讓人過得更好的，但是現實剛好相反，政治卻讓人與人產生隔閡，把人區分開來了。Shit!）

你對我很友善，能夠住在你家好像一份祝福。

（你家好像一個小小的博物館，有西藏缽，也有世界各地的星巴克杯，還有你好多攝影的照片。不僅是住宿，就連在宜蘭遇到的人，我都覺得像是恩賜。）

和你學生分享的經驗也會永遠留在我心中，

（你帶我去你的高中課堂裡，和你的學生分享。他們一定是這個地方很棒的學生，因為我是一個如此平凡的人，為什麼他們願意靜靜坐在位子上聽一個陌生的法國人分享呢？他們的問題很單純，也很真誠，他們關心我快不快樂，也好奇環法自行車的比賽，還有人問我是不是單身。第二天晚上，一個會講簡單英文的學生陪我去夜市，跟我介紹了許多食物，有一間店沒開，他說 No Open No Open，我可以感覺他的失望。我很感謝大家不認識我，卻願意把時間給我。你說，我到教室給他們分享對他們是一種鼓勵，我卻覺得這對我而言，更像是一個禮物。原來，這麼平凡的我也可以與人分享，原來，我的經驗也可以鼓勵人。就像那個陪我去夜市的學生說，他有了學英文的動力了。二十歲的時候，我在新加坡讀書，我的英文爛透了，因為在法國讀書，我們幾乎不太讀英文。那時候，新加坡有很多國際學生，每次跟他們講話，我的壓力都很大，想了很久才敢講出一句，講了又覺得無法完整表達自己。所以我明白你的學生他們不敢講英文的心情，旅行一年多，我愈來愈敢開口講英文了，我也不在乎別人笑我的法國腔，我是法國人，當然會有法國腔，有法國腔也沒有什麼關係，我就是我啊。你希望我也寫幾張明信片，送給昨天課堂上有發問的同學，希望可以鼓勵他們。沒想到，有一天我會在世界的另一端，用英文寫着鼓勵別人的話呢。）

永遠歡迎你到我巴黎的家。

（你也問我知不知道法國黃背心之亂，Shit，政治永遠像坨大便。還好，我離開巴黎了，那些事好像都跟旅行的我無關了。）

打從心底的感謝你，我的朋友

（最後這兩句，我不想用英文寫，用法文，才能真正傳遞出我的感謝。這兩天我很愉快，我的環台之旅正要展開。接下來我要去花蓮、綠島、墾丁、阿里山，然後再去菲律賓、印尼，終點站，是布里斯本東北方的新喀里多尼亞島，我有一個朋友在那裡等我跟他會合。現在是二零一八年十一月二十一日早上六點四十五分，你說七點十分要出門上班，出門前，我要跟你拍張立可拍紀念，紀念在宜蘭的平凡的一天。這樣平凡的一天，卻這樣令我有些難忘與感傷，像是與老友短暫重逢後，又將匆匆告別。）

Xavier 21 Nov, 2018

36・沒有夢想的人

藤川不是條河流，他是一個日本年輕人的名字。他來自大阪，是個自由工作者，從事網頁設計的工作，一個月大概可以賺三十萬日幣，日子還算過得去。

抓到一段十天左右的假期，一人來台灣自助旅行。

我剛好有了半天的空檔，於是帶他參觀員山機堡。「日本殖民台灣時期，進入二次世界大戰階段，宜蘭蓋了很多機堡，可以停飛機，以躲避美軍的轟炸。有些飛機還支援到菲律賓，進行自殺式攻擊。」我對他解釋著。

「哦哦哦。」藤川以一種典型日本人的口吻表示驚訝，頻頻點頭。手上的相機不斷往機堡的內部結構裡拍。可他的穿著現代，我實在無從判斷他的「哦哦哦」是出自禮貌還是興趣。

我又帶他去了宜蘭河。在河岸，我想起了一百年前整治宜蘭河的西鄉菊次郎，他是日治時期宜蘭廳首任廳長。任職廳長期間，解決了宜蘭河泛濫的大問題，宜蘭人由衷感謝，卸任時，地方士紳還特別為他立了西鄉廳憲德政碑，以茲紀念他對宜蘭的貢獻。離開宜蘭後，西鄉菊次郎就任京都市長，提出了百年京都的計畫。十九世紀末年二度留美的年輕人，非凡的抱負和長遠的見識奠定他崇高的歷史定位。

藤川靜靜地看著宜蘭河，我盡可能地說明宜蘭和西鄉菊次郎的關係。藤川不認識西鄉菊次郎，但日本人對西鄉菊次郎的父親西鄉隆盛一點也不陌生，明治維新三雄之一。

彎進舊城南路，新月廣場旁的設治紀念館，白牆綠樹有些古意，我說：「西鄉菊次郎曾經在這裡辦公呢。」因為一個陌生的日本人，我把幾個宜蘭市區附近的日治時期地景串連起來，好像穿越了時空一樣。空間上，我比較有共鳴；而歷史脈絡、人物、和語言，藤川應該也能心有戚戚焉才是。

有首收錄於西鄉隆盛漢詩集的小詩，記錄著某個年代的大器：

男兒立志出鄉關，學不成名誓不還。

埋骨何須桑梓地，人間無處不青山。

我總為這樣的情懷所吸引，胸懷大志，起誓向學，雲遊四海，人間即是奮鬥的修練場。從日本大阪來台灣自助旅行的藤川，該也是這樣的男兒吧。

藤川很爽快地就答應，願意隨我到班上跟高二的導師班同學聊聊天，他問我要講什麼，我說，你就講講你為什麼要旅行吧。

「大家好，我叫藤川雅也。（他用粉筆把四個漢字寫在黑板上），我來自日本的大阪，今年二十九歲。……」表情生澀，英語阻塞，同學們倒是聽得很認真。然而，不到五分鐘他就詞窮了。

幾個簡單的問題，也都聊不開來。我想，就隨緣吧，不勉強他，這時，又有一個同學舉手了：「請問，你的夢想是什麼？」

藤川尷尬地笑了出來，停頓了一下子，「我沒有夢想。其實我也不知道要追求什麼，我也不知道以後要做什麼。我只是放假不想在日本，於是出來旅行。我是一個沒有夢想的人。」

他出了鄉關，但他不知道自己要什麼。

不知道自己要什麼，活得沒有夢想，沒有志向，是不是我們這個時代某一種共同的標誌呢？他的誠懇令人動容，我沒有夢想，我是一個沒有夢想的人。然而這種荒蕪的失航狀態，似乎引起了更多的共鳴。

「所以，就努力活在當下吧。」他這麼補充。

我是一個沒有夢想的人。我叫藤川雅也，今年二十九歲。我不知道明天要做什麼，所以，就努力活在當下吧。

一條河也許不知道出海口在哪，在抵達出海口之前的每一段，那條河只管流啊流。流啊流，總有一天會抵達海洋的。

37 · 中東味

一、夜

甫進門，滿屋子像阿拉丁神燈魔杖一揮似的，全變成了中東味。

嘉瓦（Javad）和撒赫拉（Zahra）趨前和我握了手，那種客氣不是日本式的拘謹，也不是歐洲式的隨和，也不是中國式的謙卑，但那是什麼我卻也說不上來。

二零一一年到民答那峨島的三寶顏旅行，因緣際會認識一個當地道祖族人酋長，我們語言完全不通，他面帶微笑和我握手後，將自己的手掌伏貼在胸前，像是將敬意上達天聽。嘉瓦和撒赫拉的握手，就讓我想起那位酋長。

嘉瓦和撒赫拉是來自伊朗德黑蘭的一對夫妻，長相中東，味道中東，信仰也是非常典型的中東穆斯林。

卸下後背包後，兩個人癯瘦的身形愈發明顯。

十點了，他們客氣的臉上寫著疲累。我帶著他們去洗澡，好洗滌一路以來的風塵辛勞。旅行大部分都與浪漫絕緣，疲憊為伍，汗漬作證，一彎山山水水寂寞無聲的跋涉。

洗完澡他們活過來似的，體力恢復了一些。

對話時，通常是先生嘉瓦回答我的提問，著長衣的撒赫拉則在一旁專注地聽，適時地補充。「我們從伊朗出發，前往土耳其、俄國、泰國、緬甸、寮國、馬來西亞、越南、菲律賓，然後在菲律賓拿到台灣簽證，於是就來到台灣。已經旅行十五個月了。」嘉瓦平淡地交待完國名，撒赫拉補充道：「我們已經在旅行的路上快要十六個月了。」

「像你們這樣長期旅行的伊朗人，多嗎？」

「不多，但也是有。」嘉瓦說。

「那，像你這樣長期旅行的伊朗女生，多嗎？」我放慢語速，眼睛飄向短髮的撒赫拉。

「如果伊朗女生結婚了，沒有丈夫的許可，她無法取得護照。」撒赫拉說。

這超出我的理解範圍。可是超過我的理解範圍的事情多的是，我只是張大眼睛地點頭。

一個男人可以娶四個女人，也超過我的理解，「這是神允許的事情。可是一般人不會這麼做就是了。」這句話撒赫拉直接搶在嘉瓦之前說。

當我還試圖與二人建立初次見面的友好關係時，兩人皆已取出筆電，先生用的是中國製的聯想，太太的則是台灣製的華碩。

「今天晚上我們無法休息，要工作到三點。我們一邊旅行一邊工作，我們在一間瑞典的網路書店工作，要配合他們那邊的時間。」撒赫拉溫柔地說。

夜，十一點，兩個伊朗人坐在我家「上班」，我不打擾他們「上班」，匆匆道過晚安。

二、日

甫進教室，學生們就一陣騷動。我說，「他們應該是我這輩子第一對伊朗的朋友，也許也是第一次走進你們生命裡的伊朗人，今天不講三十篇古文了，自己讀，今天聽伊朗人講故事。」昨天晚上二人很阿沙力地答應今天隨我上班，到學校跟高中生分享故事。面對突如其來的外國人，學生也是雀躍不已，黑板上畫有伊朗及鄰國的地圖。

嘉瓦從容站上講台，撒赫拉優雅地在側邊拍照，永遠以夫為尊似的賢淑。

簡單自我介紹後，嘉瓦請同學講講對伊朗的印象：

戰爭／伊斯蘭／恐怖分子／軍隊／核能／石油／槍／乾燥／籃球／波斯帝國／航空科學

嘉瓦以一種「十分老師」、耐心授課的口吻，從伊朗人的視角一一來回應遠東地區台灣學生的伊朗印象。

符合事實的是：軍隊、伊斯蘭（什葉派）、石油（所以伊朗有錢）、籃球、乾燥、航空科學、波斯帝國，他的講解條理清晰，佐以年代、數據或人名。例如他提及伊朗國土約是台灣的六倍大，我半信半疑，一查之下證明他早已做過充足的功課。

關於學生的伊朗印象，錯誤的訊息是：伊朗曾經與伊拉克發生戰爭，但是現在已經沒有戰事；至於槍，也被他劃掉了，槍在伊朗並不普遍。嘉瓦想要花時間解釋的，其實是核能，他在核能底下又分出核能發電和核子武器，而核能發電他打勾，核子武器他劃掉。他認真地解釋著被誤解的伊朗，像個伊朗的首席外交官，英文流暢，台風穩健，有條有理，「我當了十三年的記者，為了旅行，我辭掉工作。」

近兩個月的波斯灣一點也不平靜，油輪被炸、鈾濃度提升，英、美、伊朗各執一詞，台灣人看國際新聞幾乎從來不是第一手，誰是誰非，霧裡看花。嘉瓦多想把霧撥開，讓我們理解他眼中更真實而不為世人所知的伊朗。

「旅行啊，就是讓我知道，即使同一個國家，不同的人不一定能理解彼此。更何況是不同的國家，不同的人們。人們應該要互相理解。可是互相理解多麼不容易啊。旅行給我機會看看別人的生活方式，思考的模式，行為準則。我有更多的時間可以反思自己所想所為，一定是對的嗎？」

旅行過一個又一個地方，到了最後似乎國籍也可以丟掉，種族也可以丟掉，身分認同也可以丟掉，物質慾望也可以丟掉……丟掉空無一物，正便於認清做為一個人的本質究竟為何。

一個學生舉手發問：「你旅行這麼多地方，你覺得生命的意義是什麼？」

嘉瓦倒抽了一口氣，大哉問，他提綱挈領地答：「放鬆的呼吸，愛人，活著。」

三、夜

宜蘭市區逛了半天，嘉瓦和撒赫拉熟門熟路地回到了員山。浴後，兩人精神皆佳，這個晚上他們不用再「上班」了。

我持續好奇這對伊朗夫妻的觀點，尤其是對美國的部分。

「每個國家都有好人，也有壞人，伊朗也是，美國也是，所以我對美國人沒有什麼特別的看法。可是美國人可以，美國政府就不太行了。美國人為了控制石油，長期指控伊朗政府發展核武，並且對伊朗經濟制裁，川普說伊朗是恐怖主義國家，美國才是經濟恐怖主義的國家。」

「美國的經濟制裁，對伊朗老百姓有什麼實質的影響嗎？」我問。

「當然。這兩年美國經濟制裁伊朗，伊朗里亞爾[3]（RIAL）兌換美元（USD）已貶值五十％，伊朗的錢愈來愈沒有價值。」

「你在國內賺伊朗錢，在伊朗花伊朗錢，應該沒什麼差；可是一離開伊朗，你的財富就縮減很多了。」

「是啊，現在一塊台幣大約可以換四千里亞爾，可是我們不太使用里亞爾這個貨幣單位，民間一般使用托曼（TOMAN），一塊台幣大約四百托曼。」

「四百托曼可以買什麼？」

「八百托曼就可以買一升汽油。」

「兩塊台幣？太便宜了吧！可是你們是產油國，用油來衡量物價不太客觀。再舉其他例子。」

「大概兩塊台幣可以買好幾公斤的菜，十塊台幣可以買一升牛奶，三十塊台幣可以買兩人份的肉。」

「那物價滿便宜的。」

「是啊，所以在台灣旅行，消費對我們來說有點負擔。」

「一般工作月薪多少？」

「我之前當了十多年記者，離職前我的薪水約三萬台幣。伊朗的基本工資，大概一萬兩仟台幣吧。工作種類差異很大。」

這個盛夏的晚上，我比他更像一位好奇的記者，採訪著古波斯帝國來的智者。嘉瓦基本上能夠回答各類的問題，並能引出具體數據，聊起天來收穫豐富。撒赫拉讓她先生把話都說完了，接著補充：「我姐夫生病，但是沒有藥可以醫。前幾年歐巴馬當總統時，我姐夫還買得到美國的藥。川普上任後，撤出核子協議，又加重經濟制裁，美國人現在不給伊朗簽證，也不給伊朗藥。」

我倒抽了一口氣，緩緩地吐了出來。

這個話題實在沉重疲累，我把話題拉回旅行，嘉瓦又滔滔不絕，我聽得有氣沒力了，滿腦子都在想邪惡的政治遊戲，以及無辜的普通百姓。

四、日

離去前的早晨，我們約定好七點二十出發。我七點十五分下樓，二人已經把客廳沙發的毯子摺妥，但行李還散落在地上。

我坐在一旁等待，偶爾把頭望向時鐘。

嘉瓦走向飲水機，把黑色粉末沖到杯裡，問我：「你要喝咖啡嗎？」

我搖搖頭，時間已經超過七點二十了。他們二人仍坐在沙發上，喝著咖啡，配著一包十元、俗稱「兵仔餅」的營養口糧。清癯乾瘦的身軀，伊朗貨幣貶值，旅行第十六個月了，什葉派穆斯林，台灣的東西很貴，川普經濟制裁……我決定讓他們慢慢地享用早餐，這一天，就晚點上班吧。

3　二零一七年以前，美金與伊朗里亞爾匯率約為一：三千，二零一八年中，貶值到一：一萬二，二零一九年八月，一塊美金兌換四萬二千里亞爾。

38 沒有見過面的遠方朋友

十、二零一九年十一月三日

麻里子傳來訊息，她買了從知本到礁溪的車票。

我已答應要接待她和她先生了，不懂為什麼她不是買到宜蘭，而是買到礁溪。

她補充，「我在池上買了便當。」

我懶得去礁溪接她，告訴她必須要再轉火車到宜蘭市。

她每個訊息都用日文回應，我則交雜英文和日文，可是我無法完全確定，兩人是否對上了頻率。

「我們身上沒有現金了，現在用信用卡預訂民宿。」她說。

她想要表達什麼？

不住我家了？想要借錢？她想分享為什麼會玩到沒錢的故事？

和日本人對話真費疑猜，我在心裡嘆了口氣。

中國武漢海鮮市場人潮如昔，賣小龍蝦的一籠一籠扛在肩上，買穿山甲的正在討價還價。沒有人覺得今天和昨天有什麼不一樣，當然，這個月和下個月，也不會有多大的改變。

生活，就是生活。

有些人的生活，是旅行。背著大背包的瑞典大學生，從河內搭夜車前往吳哥窟；推著二十吋登機箱的東京少婦團，正在樟宜機場逛免稅商店；愛爾蘭高威市的女工程師，決定利用兩個月的休假，從印度玩到台灣。午餐有兩個小時的空閒，她上網流覽沙發主的介紹，然後把自己的資料發過去，想像再三個月，她就可以脫離一成不變的工作模式，她需要跟更多人碰撞，以便探索生命究竟能有多深幽的曲徑、多燦亮的火花。

飛機載著旅客在天空畫線。昨天，今天，明天，天空一樣空。

九、二零二零年一月一日

麻里子傳來訊息，祝福我新年快樂。

我回她謝謝，當我要打出 Arigato 的時候，我卻連她的臉都無從想像。

「工作愈來愈忙了，我們要保持聯絡。」她說。「日本溫度直下，明天會更冷。」那位愛爾蘭的女工程師，已經飛到亞洲，置身在熱帶慵懶的暖風中，沙塵僕僕地從泰國玩到柬埔寨。「一切都充滿異國情調。」她說。「之後我會到香港兩週，然後到台灣。」

全世界的煙火，逐著黑暗綻放，圍觀的群眾聚集在演唱會的燈光和音響下，在主持人的帶領中倒數。二零二零來了。火光下，世人拚命許願。

這年的第一天，中國關閉華南海鮮市場，中國境內感染不明肺炎人數已達四十例。在關閉華南海鮮市場的前兩天，眼科醫生李文亮率先向外界披露疫情。不到一週，李文亮就因「在網際網路上發布不實言論」，而被要求簽署「訓誡書」。

八、二零二零年一月十二日

「嗨，賴恩，我是安納，你過得好嗎？因為一些緣故，我還在香港旅行，將比預計的時間晚兩週抵達台灣。希望你一切安好，期待和你見面。」那個在愛爾蘭高威市工作的女工程師，即將成為我現實世界中的人物。

我再次仔細閱讀了她的資料，熱中電影、攝影，喜歡與人有深度的對談，波蘭人。「我認為我可以與你有很多交流的話題，正如你也喜歡旅行、哲學或靈性的議題。我不是隨便挑選沙發主的……」

安納的自我介紹像論文一樣長，可用詞與內容，和她短髮一樣散發自信，或自負。然而，那些自信或自負，肯定也是下足工夫的結果。從她對我了解的程度看來，至少是一個充滿誠意的旅者。

泰國出現武漢肺炎病例，而兩天前湖北省已出現死亡首例。我邊看新聞，覺得山雨欲來風滿樓；我又看了一下手機，不禁有些動搖……

七、二零二零年二月二日

安納順利入境台灣，可是她卻沒有順利入境我家沙發。

我一向喜歡冒險，不喜歡食言。可是客廳裡散落一地的玩具：湯姆士小火車、會唱英文兒歌的中國製廉價塑膠飛機、折斷的粉蠟筆……女兒還沒滿週歲，兒子未滿四歲。安納旅行了幾個國家，接觸了不少人，如果我接待了她，也有隱藏的風險。有了孩子，我變得不喜歡冒險；為了自己與家人的健康，我決定食言。

「賴恩，我能明白你的決定。這是一個很特殊的時刻，我也是第一次碰到。不過我在台灣之後，全程都有戴口罩，你確定我們不要見個面嗎？」

疫情已經漸漸改變世界各地人們的生活方式，比如我每天花比往昔更多的時間在關注新聞，比如意識到口罩的重要性，比如運輸交通和人際交流的限制，比如減少不必要的外出和社交……

中國確診人數超過一萬四千人，而吹哨者李文亮醫師於昨日確診；今天，中央流行疫情指揮中心宣布全國高中職以下將延後開學兩週。安納因為沒有了住宿，就直接略過了宜蘭，

「期待未來再見。保持聯絡。」我覺得這句話不是客套話，可是在病毒已經出動執行任務的時期，未來二字充滿變數。

我應該果決，我也喜歡自己的果決。

六、二零二零年三月一日

「愛爾蘭出現首例，在都柏林，該名病患從英國貝爾佛斯特旅行回來而發病。至於波蘭，目前尚無案例，然而鄰國陸續出現確診情況，爆發疫情只是早晚的事。」安納從愛爾蘭傳來問候，保持聯絡。

現在陌生人見面也不怕沒話題了，只要談蝙蝠和武漢，人人都有經可講，有怨可抱。

「武漢肺炎疫情，保重。」我也給日本東京的麻里子傳去問候。給安納訊息，我比較不會思東想西，要傳就傳；給麻里子訊息，我就比較顧南慮北。曾經一度在她的訊息中，看到Facebook，我直覺以為她想加我臉書好友，二話不說我就傳了帳號給她，沒想到她回了一大篇，列出九大點，詳細說明為什麼不能加我臉友，因為：其一，我們只在網路上認識，不在現實生活中出現；其二，我還欠你兩仟塊，關係不對等，所以不是朋友。等還了你錢，我們才能是朋友；其三………

麻里子好像打開了什麼門閥，大量的訊息傾洩而出，洋洋灑灑四、五頁「心配、大丈夫、花粉症、雰囲気、自己防衛、台灣政府、先手先手、指導者、英斷、世界各地、被害者、海外旅行、難、台灣旅行、思……」把日文刪去不讀，單單撿些漢字來拼接，思緒之布似乎也有些圖樣。

台灣的宜蘭，日本的東京，愛爾蘭的高威，三個素昧平生的人，彷彿以武漢肺炎為線，緊而不見地串在一起。

觀看疫情指揮中心的新聞，似乎成了台灣生活的日常。而惶惶的人心，又是日常中的必然。台灣確診來到近四十人，許多國家之間的航線都切斷，五十多國都出現病例。

二零二零的春天，旅人只能躲在家裡，只剩新冠病毒在雲遊四海。

五、二零二零年四月六日

「東京都發布緊急事態宣言，請市民外出自肅，對於外出有許多限制。我們應該跟台灣請益。先進國家當中，台灣是處理武漢肺炎最成功的國家。日本和台灣都是島國，有很多共通點，希望兩國的交流管道可以盡快重新開啟。晚安。」麻里子，夜半，東京，櫻花盛開。

那麼，一個名叫喬治的颶風過境後的愛爾蘭，安納在那裡的白天做些什麼呢？

「我已經居家工作四週了，飛往波蘭的航班全數取消。我又躲進舊電影的故事裡，重溫那些時代的美好。查理卓別林、波斯特基頓、哈羅德里歐德……老導演們的作品是我生活的最大樂趣。」

美國累計死亡人數超過九一一恐攻，溫布頓溫球賽宣佈延至隔年，全球確診人數突破一百二十七萬……

今年許多人的願望，從環遊世界或中樂透，重新修正成「平安活著」。

四、二零二零年六月六日

「最近如何？」

台灣連日無確診，變成庶民生活的小確幸。三日無確診，網友用三菱慶祝；四個零確診，奧迪；五零，奧運……生活愈來愈回到原來的樣子，大家心裡的包袱和壓力減少許多。

「日本在五月下半祭出的外出自肅已經解禁，我也覺得有精神許多。目前，台灣和日本仍無法通航，之前跟你借的錢還無法還你，真的非常抱歉，請你再等一下。」麻里子從東京傳來，那裡每天的確診數，都有幾十個到一、兩百個人之間，疫情沒有大爆發，但似乎也沒有完全控制下來。

「路，請你看看。」隔一行，有一個網頁的連結。是日本NHK和台灣合作拍攝的影集，交織著愛情、台灣高鐵、日本人和台灣風景，麻里子大力推薦，我不確定她力推，是因為影集拍得好，還是這部片子可以連結台灣和日本。

這些日子，安納一樣在家裡工作，在歐洲，疫情並沒有安分下來，反而愈加猖狂。

「我花了很多時間回顧默片時代的電影，一天大概看五、六部，至於你問起的亞洲片，我也看了一些。可是你說的《當櫻花盛開》，我聽過，還沒看過；我也推薦你一部亞洲片，李滄東導演的《生命之詩》。希望你可以享受這部電影，也謝謝你的推薦。」

世界衛生組織在全球確診數近達七百萬人時，更改防疫建議，呼籲群眾在疫情嚴重地區，或難保持社交距離時，必須戴口罩。這麼遲緩的建議，難怪被譏笑為「世界往生組織」。

不論主動被動，旅行，已經被世人從今年的年度行事曆中剔除。世界衛生組織，應該也要負上一點責任。

三、二零二零年六月二十一日

「今天，台灣有日環食哦，你看了嗎？」麻里子問。

朋友們壓縮在一個一個社交軟體裡，操著不同的語言，可聲音、面目、情感卻愈發模糊。我像回一個普通朋友一樣，把隨手在頂樓拍的照片傳給她。

「東京多雲，我根本看不到太陽。謝謝你的照片。」

朋友變得模糊，通常跟「遠」有關。距離遠，不易見面；見面時間隔得遠，人就生疏了；心與心遠，那即使空間近時間近也沒用，話不投機半句多。沙發客多半作客一天兩天，陌生人變成朋友也不無可能；可是我和麻里子連個面都沒碰過，說是朋友，也說不過去；可是會互相關心，難道不是朋友嗎？

去年十一月，麻里子傳訊說她人到礁溪了，隔三天的飛機回國。可是身上沒有台幣現金，只剩幾仟塊日幣、儲值三佰元的悠遊卡和一張信用卡。她用刷卡的方式訂了礁溪火車站前的一間旅館。

我依著她的訊息，放了信封在那間旅館的櫃台，裡頭裝著兩仟塊。心想，兩仟塊應該可以讓她平安抵達桃園機場。素昧平生，我有見了面她反而因為不好意思而不拿的擔憂，於是信封放了就走了。

一個多小時後，她打了電話過來，說了可能一百遍的抱歉和謝謝，希望以後可以有機會日本或台灣見面。

我曾經在某一年的除夕前日，人卡在柬埔寨金邊機場，因為身上沒有足夠美金可以出關，差點就在異鄉過節了。我明白出門在外，難以預料的事和情。

「小事，別掛心。」

二、二零二零年七月三日

六月結束以前，安納曾傳來兩張照片，像河的出海口，也像長滿爬藤植物的海灘。同一個地方，只是光線不一樣。看起來，她孤獨一人在那個地方，看了很久的河，或海；也可能，她一直去同一個地方看河，或海。

也是六月的某一天，徹夜無眠，五點就起床，索性開車到桃園蘆竹看海與風車。海與風車都不好看，米粒大小的沙堆比較吸引我，那片比足球場更開闊的沙地上，成千上萬難以數計的沙堆，都是沙蟹徹夜堆積而成。一顆一顆像迷你彈珠，堆擺的圖騰像某種密碼或隱喻，費解；而沙蟹不求被理解，只是像推石上山的薛西弗斯，海浪沖平了沙地，沖毀了沙堆，隔天早晨，沙蟹繼續堆疊。

我回傳了照片給安納，也是海。只是我的是太平洋，她的是大西洋，雖然名字不一樣，都是洋，都是水。

「我是一個很難和人有深度交談的人，可是你很像我的靈魂伴侶。」

我同意，所有變淡的友情都跟距離有關。

也當然也有些例外，契合之事不講距離。

七月初，我寄出兩盒口罩給人在愛爾蘭的安納。

貨運公司問我，你要寄給誰。我沉默了幾秒，想著怎麼回答：

「靈魂伴侶。」

「蛤？死人？」

「沒有見過面的陌生人。」

「你來亂的嗎？」

嗯，我只低聲地說「朋友」，沒有見過面的遠方朋友。

一、二零二零年七月五日

東京知事選舉結果出爐，現任知事小池百合子打敗其他二十一名參選人，壓倒性地連任成功。

半年時間，全球累計確診人數突破一千萬。

球王喬科維奇也確診了，今年不僅沒有辦法旅遊，看來連網球公開賽都沒得看了。

掛記著遠方的是辛苦的；沉浸在他人故事裡是幸福的。
有人可以掛記是幸福的；一個人的默片，美得有些孤獨。

致，沒有見過面的遠方朋友；
致，朋友。

瑪雅（Maya）來自波蘭華沙，帶著一個大背包旅行各地。突出於大背包的，是隨她行遊世界的網球拍握柄。

Yilan, march 2015

You are very passionate & talented
& it was my pleasure to be
around! Your kindness and
openmindedness will be my
inspiration ♡ Your hospitality
is unmatching and I felt like home.
Keep on learning languages,
discovering cultures and asking
questions to find the right way
of life.

I hope I'll be able to host you
one day wherever I've settled down.

I see you on the court.

until then - wantmedisco@gmail.com

www.fotolog.com/bikeme

www.fotolog.com/rzeczpospolita

人性不變，歷史會重演。

玛雅 MAYA

¡hasta otra!

瑪雅在給沙發客的留言簿畫下陪她出走世界的網球拍。

柏林（Berlin）先生站在姐妹早餐店留影。他那大鬍子後方的海報，正是一張「德國香腸」。

~ Model for Divessification ~

- Make groups of 4 students skilled as shown below:

These are the so called "best" students. They will feel honored to be asked by the others.

By explaining their knowledge, they train soft skills and deepen their own understanding

expert

social=lizer

good explainer

good questioner

Often there are students not at the top of the scale like the "expert", but their thinking is closer to the thinking of the "questioner". Ideally, the "questioner" will ask the "explainer" ~~how~~ and by the conversation developes, the "ex=plainer" will come to ask also the "expert" for details or more sufisticated aspects. Also the "expert" can listen to the "explainer" to make sure there's no fault

often girls, this student needs to keep the group work together in a positive way

this type of student is often called weak student. In this model his/her strength is to start the conversation and learning process by questioning. If you call this type of student good questioner, he/she will be encouraged to talk.

Let this groups of 4 students work together for a ~~cer~~ time on several questions. So they feel to be a team. Even tests can be done together.

柏林先生寫下關於教育，多元分組模型，他建議教學現場可以將學生分成四組：精熟者（expert），解釋者（good explainer），提問者（good questioner），交流者（socializer），每一種類型下都有著詳細的解釋。

學容和伊利亞這兩位背包客不約而同，同一天到我家，兩人也都不介意。他們用英文聊天，溝通無礙，甚是愉快，我在廚房的水聲間歇中，聽見他們的笑聲。二人話題源源不絕，像是認識已久的朋友一樣。

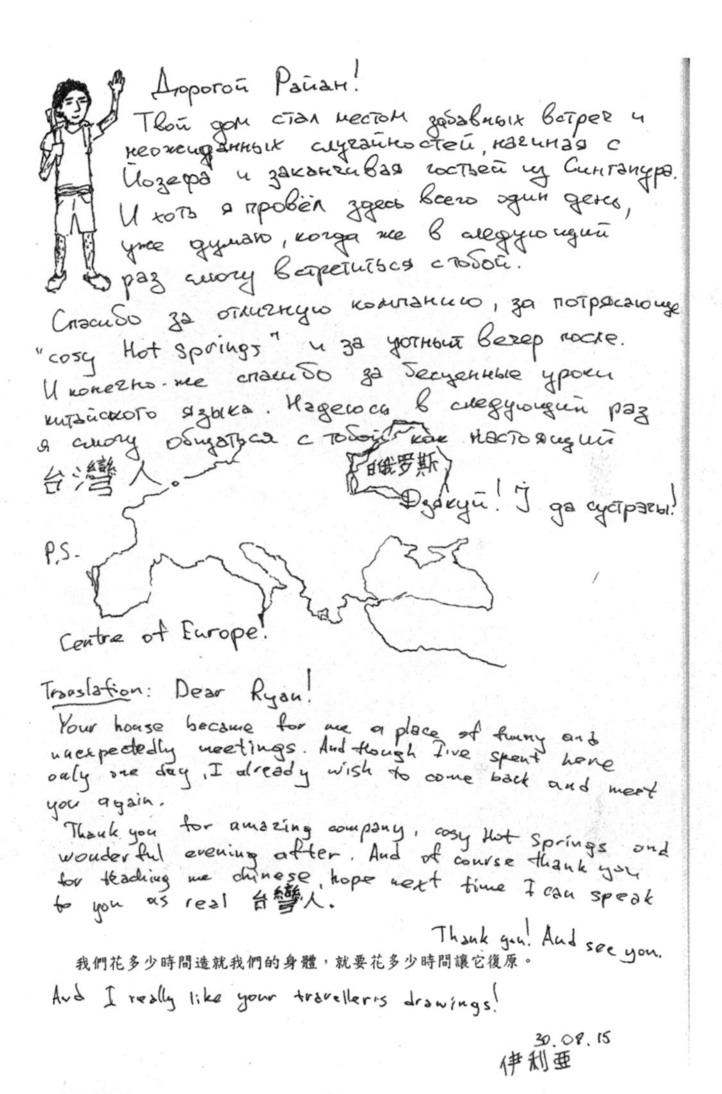

Дорогой Райан!
Твой дом стал местом забавных встреч и неожиданных случайностей, начиная с Йозефа и заканчивая гостьей из Сингапура. И хоть я провёл здесь всего один день, уже думаю, когда же в следующий раз смогу встретиться с тобой.
Спасибо за отличную компанию, за потрясающие "cosy Hot Springs" и за уютный вечер после. И конечно-же спасибо за бесценные уроки китайского языка. Надеюсь в следующий раз я смогу общаться с тобой как настоящий 台灣人。

Дзякуй! І да сустрэчы!

P.S.

Translation: Dear Ryan!
Your house became for me a place of funny and unexpectedly meetings. And though I've spent here only one day, I already wish to come back and meet you again.
Thank you for amazing company, cosy Hot Springs and wonderful evening after. And of course thank you for teaching me chinese, hope next time I can speak to you as real 台灣人.

Thank you! And see you.

我們花多少時間造就我們的身體，就要花多少時間讓它復原。

And I really like your traveller's drawings!

30.08.15
伊利亞

伊利亞一直嚮往著東方。早在來台灣讀書以前，他就曾到中國旅行兩次，「我從白俄羅斯出發，用攔便車的方式，一路旅行到北京。」伊利亞說得輕鬆寫意，好像從巴黎搭過夜火車到柏林一樣簡單。

藤川雅也說他是一個沒有夢想的人。然而這種荒蕪的失航狀態，似乎引起了更多的共鳴。站在員山機堡前，他像在拍攝自己的鏡像。

親愛的 Ryan

Yilanにて僕と遊んでくれて、
そして家に泊めてくれて
ありがとうございました！

一生忘れません。

また、日本か台湾か世界の
どこかでお会いしましょう！

藤川 雅也

2018/12/20

沒有夢想也無妨。一條河也許不知道出海口在哪，在抵達出海口之前的每一段，那條河只管流啊流。流啊流，總有一天會抵達海洋的。

旅行和人生啊，都得走出自己的路

僅將此書獻給 所有嚮往出走與獨立的旅人

ETE 01

他從世界的那頭來：

2450 天，那些旅人寄放在我這的勇氣、信仰和冒險

作　　者：賴小馬
主　　編：陳品潔
行銷業務：陳平蘆
美術設計：謝捲子
內文排版：菩薩蠻數位文化有限公司

出　　版：禾禾文化工作室
社　　長：鄭美連
發　　行：禾禾文化工作室
地　　址：台北市北投區中央南路二段28號5樓之一
電　　話：(02)28836670
E m a i l：culturehoho@gmail.com
總 經 銷：大和書報圖書股份有限公司

印　　製：呈靖采藝有限公司
一版一刷：2022年4月
定　　價：350元

國家圖書館出版品預行編目（CIP）資料

他從世界的那頭來/賴小馬著. -- 一版. -- 臺北市：禾禾文化工作室, 2022.04
　面；　公分
ISBN 978-986-06593-4-4（平裝）

863.55　　111002148